VAIM

바임

VAIM
by Jon Fosse

Copyright ⓒ Jon Fosse 2025
Korean Translation Copyright ⓒ 2025 by MUNHAKDONGNE Publishing Corp.
All rights reserved.
The Korean language edition is published by arrangement with The Winje
Agency through Andrew Nurnberg Associates Limited, London.

이 책의 한국어판 저작권은 런던 Andrew Nurnberg Associates Limited를 통해
The Winje Agency와 독점 계약한 (주)문학동네에 있습니다.
저작권법에 의해 한국 내에서 보호를 받는 저작물이므로
무단 전재 및 복제를 금합니다.

VAIM

바임

욘 포세 장편소설 손화수 옮김

문학동네

JON FOSSE

한국의 독자 여러분께

    저의 새 소설 『바임』을 읽기 위해 귀한 시간을 내주신 한 분 한 분께 마음을 다해 감사드립니다. 노르웨이 서해안의 작고도 먼 가상의 마을을 배경으로 하는 이 이야기가 부디 여러분의 마음속에 잔잔한 울림으로 오래 머물기를 바랍니다.

    지금 저는 이 해안가의 작은 오두막에 앉아, 멀리 대서양으로 이어지는 바다를 바라보고 있습니다. 이 바닷가에서, 여러분께 평화와 사랑을 보냅니다.

2025년 11월
욘 포세

일러두기

* 번역 대본으로는 *Vaim*(Jon Fosse, Samlaget, 2025)을 사용했다.

차례

한국의 독자 여러분께 … 5

바임

I … 9

II … 97

III … 135

옮긴이의 말 … 195

I

그래서, 나는 말했다, 우리는 거기에 있었다고, 나는 내 수염, 이 회색빛 수염을 만지며 말했다, 나는 이제 더이상 젊은이라 할 수 없었지만, 그렇다고 늙은이도 아니었다, 늙어가는, 그렇다 늙어가는 남자라 할 수 있을 것이었다, 더도 덜도 아닌, 그리고 곧 이렇게 비에르그빈에 배를 끌고 오는 일도 끝날 것이었다, 여기까지 오는 것이 무슨 의미가 있을까, 비에르그빈 부두에 닻을 내리고 술집이나 카페에 앉아 시간을 보낼 뿐인데, 그렇다 특히 푸글렌이라고들 부르는 곳에서, 그리고 마탈렌과 시스테 보텐, 그리고 카피스토

바—그 비슷한 가게를 돌아다니거나 선실에 머무르는 것 말고는 할일이 없었다. 그렇다 첫날, 또는 처음 며칠 동안은, 사야 할 것이라도 있었다. 늘 무엇인가, 이따금씩 이것저것, 내게 필요할지도 모른다고 생각했던 것들, 그래서 집 거실 탁자 위에 자리한 메모지에 적어둔 것들, 대부분 바임 상점에서는 구할 수 없었지만, 그러나 필요한 것들이었다, 필요한 건 매번 달랐고 그게 뭐가 될진 알 수 없었다. 그렇다 긴 시간 그렇게 나는 내게 필요한 거의 모든 것을 차츰차츰 갖추게 되었지만, 헐거워진 단추를 다시 달기 위한 바늘 한 개와 검은 실 한 타래는 없었다, 그것들이 올해 필요한 물건이었다. 하지만 솔직히 말해 비에르그빈 시내에서 단 한 개의 바늘과 단 한 뭉치의 검은 실을 사는 것이 이렇게 어려우리라고 생각이나 했을까, 노르웨이에서 두번째로 큰 이 도시에서 말이다. 거의 믿기 어려울 정도였다. 이곳의 상인들과 점원들은 바늘 한 개와 실 한 타래 같은 시시한 물건을 파는 일에는 전혀 관심이 없어 보였다. 왜냐하면 나는 이 옷가게 저 옷가게를 전전했지만 어디에서도 그런 물건을 팔지 않았기 때문이다. 그들은 그저 없다고, 그런 건 취급하지 않는다고 말했다. 그리고 그들의 대답, 그들의 표정 뒤에는 비웃음이 미묘하게 숨어 있는 것 같았다. 그런 것들을 어디서 살 수 있느냐고 물었을 때도, 똑같이 모른다고 답했다. 게다가 덧붙이기를 거기, 그들의 가게에서는, 바늘과 실은 팔지 않고, 오직 기성복만 판다고 했다. 그리고 만약 내가 원한다면, 또는 그럴 수 있다면, 나는 얼마든지 새 옷을 살 수 있지만, 그리고 누군가, 혹은 몇몇 사람이, 내게 새 옷이 필요할지도 모른다고 넌지시 암시했지만, 나는 새 옷이 필요하지 않았다. 나는 이미 가지고 있는 옷만으로도 충분히 잘 지낼 수 있었다. 그렇다고 내가 거지나 그런 사람들처럼 보이는 것도 아니었으니까. 나를 그렇게 보는 사람이 있을 순 있다고 쳐도, 이들 기성복 매장에는 옷이 넘쳐났고, 아마도 그래서 점원들이 내게 옷이 필요하다고 넌지시 암시했을 것이다. 그래서 내게 실과 바늘을 팔지 않겠다고 했을 것이다. 하지만 마지막 가게에 들어서니 등이 구부정한, 정장 차림의, 심지어 분홍색 넥타이까지 맨 사람이, 내게 바늘 한 개와 검은색 실 한 타래를 사고 싶다면 맞춤옷을 하는 양복점에 가보라고 말했다. 내가 용기를 내어 어디로 가면 되는지 물었을 때 가게 점원은 웃음을 터뜨렸다, 아니 그는 가게 주인일지도 몰랐다, 입을 크게 벌리고 한참을 웃던 그는 자기가 그걸 어떻게 아느냐고 말했다, 그리고 예전에는 스코스트레데에 늘 양복점이 있었는데, 그건 아주 오래전이라고, 정말 옛일이라고, 비에르그빈은 물론 저멀리 해안에 있는 스트릴레란데에도 양복점이 있던 건 매우 오래전 일이라고 말했다, 그와 동시에 한 여자가 정장 차림에 분홍색 넥타이를 맨 남자가 기대서 있던 계산대 뒤편 문에서 나와 손님에게 필요한 도움을 주었느냐고 신경질적으로 그에게 물었다, 어, 그게 그러니까, 정장 차림의 분홍색 넥타이를 맨 남자는 그렇게 말하고는, 내가 바늘 한 개와 검은색 실 한 타래를 사고 싶어한다고 웅얼거렸다, 그녀는 헐거워진 단추를 다시 달려는 것인지 물었고 나는 그렇다고 대답했다, 그녀는 물건을 가져오겠다고 말했다, 그리고 그녀가 방금 나왔던 그 문으로 다시 들어가자 분홍색 넥타이를 맨 남자는 그렇다고, 거보라고, 자기는 모르는 것도 많고 할 수 없는 것도 많다고 말했다, 그래서 나는 그에게 이 가게에서 최근에 일하기 시작했느냐고 물었고 그는 평생 그곳에서 일해왔다고 대답했다. 아주 어렸을 때부터라고. 그리고 바늘과 실을 가지러 간 사람은 그의 어머니이며, 그의 불행한 아버지가 너무 일찍 세상을 떠나서, 어머니가, 그의 표현으로는, 가게를 물려받았다고 했다. 그리고 그 자신은 인생에서 더 나아가지 못하고 지금껏 그저 어머니를 보조하며 계산대 앞에서 일해왔을 뿐이라고 했다. 그는 또 단언하기를, 자신의 어머니는 뭐든 팔 수 있는 사람이며, 심지어 필요하다면 자기 할머니까지도 팔 수 있을 거라고 했다. 적어도 비에르그빈의 진취적인 상인들은 다들 그렇다면서, 그리고 그가 말하기를, 이제 그의 어머니는 위층, 그러니까 그들이 사는 집으로 올라가서, 그녀의 반짇고리에서 바늘과 실을 찾아냈을 거라고, 집에서 뭔가를 가져와 가게에서 파는 일, 그녀가 그런 짓을 하는 게 이번이 처음은 아니라고, 그의 아버지 옷장이 그렇게 해서 사라져버렸고, 물론 시간이 좀 걸리긴 했지만, 결국 모두 팔아치웠다고, 그러니 아마 나도 바늘과 실을 살 수 있을 거라고, 그가, 그러니까 그 여자의 아들이 말했다. 그리고 우리는 거기 멍하니 서 있었고, 잠시 후 계산대 뒤쪽 문이 열리며 다시 모습을 드러낸 여자가, 검은색 실 한

뭉치와 실타래에 꽂힌 바늘을 들어올렸다, 내가 볼 수 있도록, 그리고 바늘과 실이 여기 있다고, 과부이자, 어머니이며 비에르그빈의 옷가게 주인인 그녀가 말했다, 손님이 찾는 것이라면 뭐든 다 팔 수 있다고 말하는 그녀의 말에는, 언뜻 자부심이 섞여 있는 것도 같았는데, 그 말을 들은 분홍색 넥타이에 정장 차림의 아들은 어깨를 으쓱했다, 그는 딱히 젊은이는 아니었고, 오히려 남자 노처녀 같아 보이는 사람이었다, 하지만 내가 그런 생각을 할 만한 처지는 아니었다, 솔직히 말해 나 자신도 그 못지않게 노처녀 같은, 아니 그보다 더 노처녀 같은 사람일지 모르니까, 왜냐하면 분홍색 넥타이를 매고 있는 그 아들보다 내가 훨씬 나이가 많아 보였으니까, 그렇지만 내게 여자 같은 구석은 전혀 없었다, 전혀, 하지만 거기 있는 그 남자, 그러니까 여자의 아들, 정장 차림을 하고, 분홍색 넥타이를 맨 그 남자는, 남성적인 것만큼이나 여성적이기도 했는데, 아마 그래서 나도 모르게 그런 표현, 노처녀라는 단어를 떠올렸던 것 같다, 반면 남자처럼 행동했고 생긴 것도 남자 같은 그의 어머니가 바늘 꽂힌 실타래를 쥔 손을 내밀었다

250크로네입니다, 그녀가 말했다

나는 깜짝 놀랐다, 검은 실 한 타래와 바늘 한 개에 250크로네라니, 그렇다 비에르그빈 사람들이 터무니없이 비싸게 물건을 판다는 건 누구나 다 안다, 하지만 이건 너무 심하지 않은가, 그 정도라면 비에르그빈에서도 말이 안 되는 가격일 것이었다, 아니, 그건 핏값이었다, 그래 그 말이 딱 맞았다, 핏값만큼이나 비싼, 그 외에는 달리 표현할 길이 없었다, 그 돈이면 나는 새 옷 한 벌, 아니 여러 벌을 살 수도 있을 것이고, 그만큼의 돈을 주고 산 양복이라면 단추가 헐렁해져 꿰맬 일도 없을 테니까, 그건 언제나 번거로운 일이었다, 바늘귀에 실을 꿰는 것만 해도 나는 오랜 시간을 들여야 했기 때문이다, 내 시력은 그리 좋지 않아서, 바늘귀를 보기 위해 안경을 써도 큰 도움이 되지 않았다

자, 계산대 뒤에 오만하게 서 있던 그녀가 말했다

이제 어떻게 하시겠어요, 그녀가 말했다

나는 어쩔 수 없이 그 성가신 여자에게서 바늘과 실을 살 수밖에 없었다, 비에르그빈시에 있는 옷가게 주인이자, 분홍색 넥타이를 맨 아들의 어머니에게서, 나는 다른 선택지

는 없다고 생각하며, 재킷 주머니에서 지갑을 꺼냈다. 사실 이건 말도 안 되는 일이었다. 작은 바늘 한 개와 이미 꽤 많이 쓴 것처럼 보이는 실뭉치에 그렇게 많은 돈을 지불하다니, 정말이지 내가 볼 때 그 실타래에는 남아 있는 실이 얼마 없었다. 어쩌면 단추 하나도 꿰맬 수 없을지 몰랐다. 세상에. 하지만 한번 말을 꺼냈으면 끝까지 책임을 져야 한다는 말도 있지 않은가. 만약 내가 지금 물러난다면 내 체면은 구겨질 것이고, 계산대 뒤에 서 있는 여자의 눈에는 내가 가난뱅이로 보일 게 틀림없었다. 나는 그것만은 피하고 싶었다. 나는 그녀가 그런 기쁨만은 누리게 할 수 없다고, 차라리 그녀가 한 남자를, 스트릴란데나 그런 데서 온 멍청한 촌뜨기를 속였다는 다소 불확실한 기쁨을 누리도록 내버려두는 게 낫다고, 손에 지갑을 든 채 그렇게 생각하고는 100크로네짜리 지폐 두 장과 50크로네짜리 지폐 한 장을 꺼내서, 한마디도 하지 않고 계산대 위에 올려놓았다. 그와 동시에 지폐는 가게 여주인의 손에 들어갔다. 그리고 나는 바보처럼 거기 서서 얼마 남지 않은 검은 실뭉치에 꽂힌 바늘만 바라보았고 비에르그빈의 옷가게 주인인 그녀는 아무 말도 하지 않았으며 나 또한 아무 말도 하지 않았다, 그녀가 기대하는 대답을 주지 않았다는 데 자못 만족하며 서 있었던 것이다, 그런데 그녀의 아들, 검은 양복에 분홍색 넥타이를 맨 그는, 도대체 어디로 사라진 걸까? 나는 가게 안을 둘러보며 그곳이 매우 크고 근사한 가게라는 것, 그 점만은 인정할 수밖에 없었다, 그리고 거기, 가게 안쪽, 거울 앞, 거기에 여자의 아들이 서서 옷매무새를 다듬고 있었다, 그가 손바닥으로 머리를 쓸어넘기고, 넥타이를 바로잡고, 가능한 한 호리호리하게 보이려는 듯 몸을 쭉 뻗어보는 동안 나는 실타래와 바늘을 주머니에 넣었다, 그리고 상황이 더 꼬이기 전에 이 지긋지긋한 가게에서 나가야겠다고 생각하며 아무 말없이 문 쪽으로 갔다, 내 등뒤에서 마치 한 사람이 말하는 듯 어머니와 아들의 목소리가 내가 거리로 나올 때까지 따라왔다, 감사합니다, 또 오세요, 더 원하거나 필요한 것은 없으신가요, 언제든 다시 들러주세요 그리고 구매해주셔서 감사드립니다, 대충 그렇게 들렸던 것 같다, 그리고 그들의 말은 내가 비에르그빈 거리로 나왔을 때도 귓전에서 맴돌았다, 나는 절대, 다시는 이 옷가게에 발을 들이지 않을 거라고, 결코 그런 일은 없을 것이라고 마음먹었다, 왜냐하면 평생 살아오면서 그보다 더 심하게 속은 적은 거의 없었으니까, 나는 곧 집으로 돌아가야겠다고 생각했다, 바임으로, 도대체 왜 나는 이 비에르그빈으로 늘 오는 걸까, 그 여정에서 아무런 의미를 찾을 수 없는데도, 나는 며칠 일을 쉴 때마다 비에르그빈으로 오곤 했다, 하지만 그건 그리 자주 있는 일은 아니라고, 나는 생각했다, 특히 최근 들어서는 더더욱 그랬다, 그래 수년 동안 나는 여름날에 단 한 번씩만 왔을 뿐이다, 젊은 시절, 그때 나는 거의 매번 비에르그빈으로 왔다, 하루나 이틀 쉬는 날이 생기면 어김없이 배를 띄웠으며, 단골손님인 양 그곳의 술집을 찾았다, 그 이유는 아마도 내가 품고 있던, 스스로 인정하기조차 꺼렸던, 어떤 희망 때문이었으리라, 누군가를 만날 수 있다는 희망, 인생을 함께할 누군가를, 흔히 그렇게 말하듯 말이다, 하지만 이번엔 아니라고, 역시 흔히들 말하듯 그렇게 됐다, 이제 나는 너무 나이가 들어버렸고 그 희망은 사라져버렸다, 나는 지금도 혼자고 과거에도 혼자였다, 그렇다 그게 바로 현실이고 이 현실은 앞으로도 계속될 것이다, 그러니 내가 오늘 비에르그빈으로 온 것은 바임 상점에서는 살 수 없는 것들을 손에 넣기 위해서였다. 그 상점은 사실상 별 볼 일 없는 곳이었다. 바임에서는 대부분의 물건들을, 아니 거의 모든 물건을 팔긴 했지만, 이 바늘과 이 실타래 같은 것들은 내가 비에르그빈까지 와서 사야만 했으니까. 하지만, 엄밀히 말하자면, 단추 하나쯤 떨어진다 한들 혼자 살기에는 아무 문제도 되지 않는다. 내 집, 내 고향, 어린 시절의 보금자리라 불리는 곳, 내가 태어난 그곳, 그리고 나의 부모님이 그러했듯, 나 또한 생을 마감하기를 바라는 내 집 안에서는 말이다. 나는 부모님이 살아 계실 때 그곳에 살았고 부모님이 세상을 떠난 후에는, 그렇다 그후에는 혼자 살았다. 외동아들이었던 나는, 어린 시절을 보냈던 그 집에서 평생을 살아왔다. 그리고 여전히 혼자 살고 있는 그곳에서 단추 하나 떨어졌다 해도 눈치채거나 신경쓸 사람은 없다. 바지에서 단추가 떨어지면 허리띠를 두르면 되니까. 게다가 내겐 허리띠가 수도 없이 많다. 정 안 되면 끈을 동여맬 수도 있으니, 그 정도는 전혀 문제가 되지 않는다. 하지만 한편으로, 바늘과 실은 분명 있으면 좋은 물건이 아닌가, 적어도 그렇다고 말할 수 있을 것이다, 그리고 나는 그것들을 가지고 있다고 확신한다, 단지 어디에 두었는지 잊어버렸을 뿐, 아 어쩌면, 내 바느질 도구들이 들어 있는 서랍장 서랍 속에 있을지도 모른다, 그것들은 내가 어머니에게서 물려받은 것들이다, 나는 어머니가 남긴 물건들을 대부분 버렸고, 다 처분하는 데는 시간이 꽤 걸렸지만, 쓸 만한 것들은, 그렇다 바늘과 실 같은 것들은, 잘 보관해두었다, 나는 그렇게 어리석은 사람이 아니니까, 하지만, 그래 하지만 어쩌자고 나는 바늘과 실을 산답시고 비에르그빈까지 왔을까, 분명 집에 있었을 텐데, 지금 생각해보니 어쩌면, 나는 단지 핑계가 필요했던 게 아닐까, 여름날 며칠 일을 하지 않아도 되었기에 비에르그빈으로 왔던 것은 아닐까, 아니, 어쩌면 나는, 그 항해들이 싫지 않았을지도 모른다, 하지만 늘 홀로 항해하지 않았더라면 더 좋았을 것이다, 정말 딱 한 번 동행이 있긴 있었다, 그걸 동행이라 말할 수 있다면 말이다, 그건 엘리아스가 나와 함께했을 때였다, 하지만 그 또한 수년 전 일이다, 엘리아스가 나랑 비에르그빈으로 가기까지도 수년이 걸렸다, 내가 그에게 몇 번이나 함께 가자고 말했지만, 그는 매번 주저했다, 그는 바다를 잘 모른다고, 바다에 나가면 항상 불안하다고 말했다, 하지만 결국, 어느 아름다운 여름날 그가 나를 찾아왔고 내가 비에르그빈으로 배를 타고 갈 생각이라고 말하자 그는 놀랍게도 정말 나와 함께 가겠다고 했다, 그리고 다음날 그는 낡은 회색 배낭을 메고 우리집 마당에 서 있었고, 우리는 함께 배에 올라 바다로 나갔다, 하지만 엘리아스를 뱃사람이라고 하기는 어려웠다, 그가 좋은 사람이긴 했지만 말이다, 바다로 나간 지 얼마 되지 않아 그는 얼굴이 창백해졌고 말도 거의 하지 않았다, 그저 거기 앉아 있었을 뿐이다, 창백하고 지친 듯한 모습으로, 우리가 비에르그빈 부두에 배를 정박시켰을 때도 그는 거의 말을 하지 않았다, 내가 스트릴레란데 주류상에 가보자고 권했을 때도 그는 싫다고, 완전히 겁에 질린 표정으로 싫다고 말했다, 기억하건대 그 말은 그날의 여정 내내 그가 한 유일한 말이었다, 물론 그 이후로 엘리아스는 나와 함께 배를 타지 않았다, 하지만 우리는 서로 자주 왕래했다, 일주일에 한두 번 정도 그가 내게 오거나, 내가 그의 집, 그의 작은 집에 들르곤 했다, 비록 우리는 매우 달랐지만 자주 함께 시간을 보냈다, 그렇다 그는 바임에서, 내게 하나밖에 없는 유일한 친구, 또는 동료라고 자신 있게 말할 수 있다, 그렇다 엘리아스 말이다, 나는 그가 언제 바임에 와서 그 작은 집에 살기 시작했는지 기억나지 않지만, 꽤 오래전이라는 것은 알고 있다, 그리고 나는 우리가 언제부터 알았고 서로를 방문하기 시작했는지도 기억하지 못하지만, 그 또한 꽤 오래전 일이라는 것도 알고 있다, 한 가지 확실한 것은 잘 안 풀린 그 비에르그빈 여행 이후로 내가 그에게 함께 배를 타자고 권하는 일은 없었다는 것이다, 비에르그빈에 갔던 그날의 이야기도 꺼낸 적이 없었다, 솔직히 말해 그나 나나 그날의 기억을 떠올리고 싶지도 않았을 것이다, 어쨌든 나는 엘리아스와 함께 대화를 나눌 수 있어서 좋았다, 왜냐하면 바임에서는 만나서 이야기를 나눌 수 있는 사람이 없었으니 말이다, 그날 비에르그빈으로의 여정에서 가장 선명하게 기억나는 것은 내가 엘리아스에게 스트릴레란데 주류상에 함께 가자고 말했을 때 지었던 그의 표정이다, 당시 나는 비에르그빈에 갈 때마다 그곳으로 가서 술 한두 병을 사곤 했다, 내가 함께 그곳에 가자고 말했을 때 엘리아스가 지었던 표정 속에는, 그가 잊고 싶어했던 그 무언가가 담겨 있었다. 하지만 우리는 거기에 대해선 한마디도 이야기를 나누지 않았다, 물론 스트릴레란데 주류상에도 가지 않았다. 그러고 보니 내가 마지막으로 그곳에 갔던 것도 꽤 오래전 일이다. 스트릴레란데 주류상이라고 불린 건 아마도 그곳이 바다 가까이 셰가타 거리에 있어 스트릴레란데 사람들이 항상 배를 타고 비에르그빈에 와 부두에 정박했기 때문일 것이다. 많은 이가 차를 소유하고 있는 지금도 여전히 배를 타고 오는 사람이 많았다. 그들은 자기 배를 타고 비에르그빈까지 왔다. 스트릴레란데에서 온 사람들 대부분은 스트릴레란데 주류상에서 마실 술을 샀다, 차를 가지고 있던 사람들도 마찬가지였다. 그렇다 옛날에도 그랬고 지금도 그렇다고, 생각하던 나는 문득 내가 길을 걷고 있다는 것도 거의 느끼지 못했다, 그 바늘과 실을 산 일 때문에 기분이 좋지 않았기 때문이다. 검은색 실이 반도 남아 있지 않은 실타래 하나와 바늘 한 개를 사는 데 나는 무려 250크로네나 지불했다. 하지만 이미 지난 일은 되돌릴 수 없는 법, 그래서 나는 다시 나의 배, 나의 작은 나무배가 있는 곳으로 걸어갔고, 솔직히 비에르그빈에서는 더 해야 할 일이 거의 없었기에 다시 바임으로 돌아가면 됐다. 옛날에, 내가 젊었을 때는, 그러니까 내가 정말 청춘이었을 때는, 항상 이 비에르그빈으로의 항해를 들뜬 마음으로 기대했다. 내 작은 나무배를 타고 비에르그빈까지 몇 시간을 가고, 그런 다음 부두에서 자리를 찾아 배를 정박시키는 과정까지도, 그렇다 거기에도 설렘이 있었다. 특히 부두에 자리 잡기 힘든 여름날에는, 다른 배에 묶어, 정박시킬 수도 있었다, 부두를 따라 배들이 꽉 차 있을 때는 그렇게 하는 사람도 꽤 많았다, 하지만 나는 한 번도 그렇게 한 적이 없었고, 앞으로도 절대 그렇게 할 생각이 없다. 그건 다른 배와 너무 가깝고, 또 너무 불편하기 때문이다. 만약 내 배가 다른 배에 묶여 있다면 나는 절대 마음을 놓을 수 없을 것이다, 잠도 이루지 못할 테고, 배 안에서 저녁을 만들 엄두도 내지 못할 것이며, 간이 변소에서 해야 할 일, 그렇다 그런 일은 결코 생각지도 못할 것이다. 그래서 나는 부둣가에 배를 댈 자리가 없으면 뱃머리를 돌려 천천히 보겐을 빠져나와 사르토르를 향해 항로를 잡았다. 왜냐하면 거기에는 좋은 정박지가 여러 곳 있었고, 배를 대고 하룻밤 조용하고 평화롭게 지낼 수 있는 선착장에, 뭍에 상점들도 있었기 때문이다, 그래서 나는 정말 진심으로 얼른 비에르그빈을 떠나 사르토르로 가고 싶다고 생각했다, 사르토르에 있는 순에 가도 될 것이다, 거기에는 언제나 배를 댈 수 있는 자리가 있었으니까, 순에는 식료품점 콜로니알렌도 있었는데, 그곳에서는 온갖 종류의 물건을 팔았다, 아마도 바임 상점보다 더 다양한 물건을 갖추고 있었던 것 같다, 그렇다 콜로니알렌을 진작 떠올렸다면 거기서 바늘과 실을 샀어도 됐을 것이다, 모르긴 해도 공짜나 다름없었을 거라고, 그랬으리라고 거의 확신이 들었다, 콜로니알렌 옆에도 작은 건물이 하나 있었는데 그곳은 카페로 꾸며져 있었다, 콘디토리에라고 불리는 그곳에서는, 커피와 케이크를 팔았다, 물론 거기서 저녁도 사 먹을 수 있지만, 하루에 한 가지 메뉴만 제공되었다, 저녁식사 한 종류, 그리고 디저트 한 종류뿐, 식사로는 주로 브라운소스를 곁들인 미트볼과 완두콩퓌레가 나왔고, 디저트로는 보통 레드소스를 얹은 라이스푸딩이 나왔는데, 그리 나쁘다고 할 수는 없었다, 전혀, 나는 그곳에 가면 주로 미트볼과 라이스푸딩을 먹곤 했다, 어쩌면, 그렇다 어쩌면 오늘은 뱃머리를 돌려 사르토르로, 순으로 가야 하지 않을까, 그래 안 될 게 뭐 있나, 왜냐하면 나는 비에르그빈에서, 솔직히 말해, 거의 아니 전혀 할일이 없었으니까, 이제 여기서 할일이 있던 시절은 지나갔다, 어쨌거나 나는 순순히 그 오만한 여자들에게서 값이 얼마나 나가는지도 모르는 바늘과 실을 샀다, 나는 얼마나 바보였던가, 최대한 빨리 비에르그빈을 떠나고 싶을 뿐이었다, 이제 나는 내 배로 곧장 갈 것이었다, 그렇다 이 빌어먹을 실타래와, 이 빌어먹을 바늘을 가지고, 나는 배를 타고 곧장 사르토르로, 순으로 갈 것이었다, 그리고 나는 콘디토리에 자리를 잡고 앉아 근사한 미트볼과 라이스 푸딩을 사 먹을 것이었다, 그럴 생각을 하니 말할 수 없이 기뻤다, 그렇다 생각만 해도 즐거웠던 것이다, 그래서 나는 결심했다, 그건 분명한 계획이었다, 이제 사르토르로, 이제 순으로 가기만 하면 된다고, 나는 그런 생각을 하며 발걸음에 속도를 냈다, 솔직히 나는 그 길 이름이 뭔지 몰랐지만, 그건 전혀 중요하지 않았다, 나는 실타래와 바늘을 재킷 주머니에 넣고 부두를 향해 곧바로 걸어갔다, 더는 비에르그빈 사람들에게 내 돈을 빼앗기지 않을 것이었다, 적어도 이번 방문에서는 더는, 절대로, 나는 그렇게 생각하며 배에 올랐다, 그리고 말했다, 우리 이제 출항하자고, 그 순간 나는 무슨 뜻으로 그런 말을 했는지 곱씹어보지 않을 수 없었다, 우리라니, 거기엔 나밖에 없는데, 나는 다시 생각했다, 그래, 그렇다, 우리는 바로 나와 나의 나무배다, 그게 우리다, 나와 엘리네, 나는 왜 그때 나의 배 이름을 엘리네라고 지었는지, 그것만은 똑똑히 기억하고 있다, 하지만 그 기억을 떠올리는 것은 그리 좋아하지 않는다, 엘리네는 내 젊은 시절의 비밀스러운 사랑이었고 내가 이 나무배를 손에 넣은 것은 꽤 오래전이기 때문이다, 그때까지만 하더라도 엘리네는 여전히 나의 비밀스러운 사랑이었다, 왜냐하면 나는 그 사랑에 대해 아무에게도 말하지 않았기 때문이다, 사실 나는 그 사랑이라는 단어를 좋아하지 않는다, 하지만 내가 써야 할 단어는 그게 맞을 것이다, 그때의 감정을 표현할 수 있는 더 나은 다른 단어는 없으니까, 내 감정에 이름을 붙이려면, 그렇다 내가 당시 엘리네에게 가졌던 감정을 묘사하려면 말이다, 어쩌면 그 감정에 맞는 더 나은 단어가 있을지도 모르지만, 설사 있다 하더라도, 나는 배운 적이 없다, 사실 그건 정말 유치한 단어였지만, 어쨌거나 나는 내 배를 그렇게 불렀다, 나의 나무배를, 엘리네라고, 당시 엘리네는 아직 부모님과 함께 바임에 살고 있었다, 그녀는 무슨 생각을 했을까, 엘리네, 그녀의 이름이 양옆에 커다랗게 쓰여 있는 배가 바임 상점 아래 부두에 정박해 있는 것을 보며 무슨 생각을 했을까, 그렇다 엘리네는 분명 그 배가 자기 이름을 딴 것임을 알았을 것이고 그 사실이 몹시 불쾌했을 것이다, 당황하기도 했을 것이다, 그리고 그녀는 자신의 이름을 작은 나무배에 붙였던 내가 매우 무례하다고 여겼을 것이다, 우리는 거의 말을 섞은 적도 없었으니까, 도대체 이게 무슨 뜻일까, 그녀는 분명히 그렇게 생각했을 것이다, 그렇다 나는 그런 식으로 그녀를 향한 내 사랑을 온 세상에 드러냈다, 세상에 이렇게 민망할 수가, 그리고 나, 바임의 그 많은 젊은 남자 중에서도 하필이면 왜 나일까, 그렇다 그녀는 분명 그렇게 생각했을 것이다, 아직도 기억나는데 그날 나는 바임 상점 아래 부두에 정박한 채 선실 안에 있었고 커튼 사이로 밖을 내다보니 손가락으로 가리키는 젊은이 몇몇과 함께 엘리네가 서 있었다, 한마디 말도 없이 있었다, 젊은이들은 배에 달린 이름표를 가리켰다가 엘리네를 가리켰고 그러더니 웃음을 터뜨리면서 나와 내 배를 웃음거리로 만들었다, 그뿐이었다, 그리고 엘리네, 그렇다 그녀 또한 거기 서서 웃고 있었다, 물론 나는 얼른 몸을 숙였고 선실을 나서 뭍으로 내려갈 용기를 내기까지 긴 시간이 걸렸다, 분명히 그랬다, 그로부터 얼마 지나지 않아 엘리네는 바임을 떠났다, 나는 그 이유를 몰랐다, 아마도 일자리를 구하러 간 것 같았다, 그후로 나는 그녀를 다시 보지 못했다, 하지만 수년이 지난 뒤에도 여전히 그 기억은 너무나 가까이 있는 듯 느껴졌다, 마치 내가 다시 젊은 시절로 되돌아간 것처럼, 하지만 내가 여전히 그때, 그 먼 옛날 그랬듯이, 엘리네에게 같은 감정을 느낀다고 한다면 그건 거짓말이었다, 아니 그건 절대 불가능했다, 이제는 배에 대한 나의 감정과 뒤섞여 있다, 나는 지금 엘리네의 선실에 서 있으니까, 이미, 수백, 수천 번이나 서 있던 바로 그곳에, 엔진은 부르릉거리며 돌아갔고 배는 자긍심으로 위엄을 갖추고 보겐을 향해 미끄러지듯 나아갔다, 바다는 더없이 잔잔했고 맑고 푸른 하늘에는 가끔 햇살을 숨기는 하얀 구름조각들이 있었으며 나는 비에르그빈을 거기 그대로 둔 채 나아갔다, 그런데 나는 언제쯤 나의 배 엘리네와 함께 비에르그빈에 다시 오게 될까, 아마도 그런 일은 없을 것이다, 나는 그렇게 생각했고 그런 생각을 하자 한결 나아졌다, 그렇다면 오늘 내가 겪은 굴욕, 터무니없이 비싼 값에 바늘과 실을 사야 했던 그 일이, 어쩌면 결과적으로 더 좋은 일이었는지도, 그렇게 된다면 가장 좋을 것이다, 나는 생각했고 배는 보겐을 지나쳐 비에르그빈피오르를 향해 미끄러지듯 나아갔다, 이제 기분이 좋군, 나는 생각했다, 참으로 단단하고 근사한 배야, 스트란데바름 사람, 조선공 중 가장 유명했던, 이름이 아가였던가, 그가 만든 27피트 길이의 배였다, 뱃머리에 마련된 선실에는, 별도의 문 뒤에, 간이 변소가 있었고, 거기에는 천장에 햇빛이 드는 작은 창이 있었는데, 그 작은 창을 통해서 환기를 할 수도 있었다, 선실에는 햇빛이 드는 작은 창 말고도 양쪽 벽에 각각 침대가, 가운데에 길고 좁은 탁자가 있었으며, 조타실 쪽 벽에는 벽장이 설치되어 있었다, 선실 문을 나서면 조타실이 나왔다, 조타실에는 타륜과 우현 쪽으로 편히 앉을 수 있는 의자도 하나 있었다, 그 아래에는 심지어 세면대도 있었고, 간이 변소 뒤쪽, 뱃머리에 있는 탱크에서 펌프를 사용해 그곳으로 물을 끌어올 수 있었다. 조타실 의자를 뒤로 빼면 그 멋진 세면대가 보였다. 좌현 쪽에는 주방이 있었는데, 등유를 사용하는 조리용 화구가 둘, 그 아래로는 접시와 그릇과 칼과 포크와 음식, 그 외에 필요하면 뭐든 넣을 수 있는 선반 달린 장이 있었다. 선반 달린 장은 우현 쪽 세면대 아래에도 있었다. 그리고 중앙에는 엔진 박스가 있었는데, 그 안에서 충직한 엔진이 듬직하게 일하고 있었다. 언제나 문제없이 시동이 걸리고, 안정적으로 돌아갔다. 지금 같은 여름날에는 탁 트인 하늘 아래 앉아 있으면 좋았다. 고물에는 방향타 손잡이가 있었고, 그 아래에도 공간이 있었는데, 거기에는 디젤연료 탱크와 함께, 앉을 수 있는 벤치들도 있었기 때문이다. 양 옆면에도 고물 쪽에도 벤치가 있었다. 푹신한 쿠션도 있어서, 선실의 두 침대, 조타석, 뒤편의 벤치들에 놓여 있었다. 모든 것이 항상 잘 정비되어 있었다. 나는 매년 봄이 되면 엔진 필터와 오일을 교체했다. 물론 디젤 필터도 바꿨다. 배의 목재 부분은 테레빈유와 섞은 타르로 칠했다. 이보다 관리가 더 잘되어 있는 배는 없을 것이다. 그렇다 정말

훌륭한 배였다. 다만 이름이 잘못 지어졌을 뿐. 하지만 배 이름을 바꾸면 불운이 찾아든다고 하니 어쩔 수 없었다. 나는 특별히 뱃사람다운 사람은 아니었지만, 그 정도는 알고 있었다. 나는 이 배 덕분에 얼마나 많은 기쁨을 누렸던가, 이 배와 함께한 지도 여러 해가 되었다. 얼마나 많은 시간, 그렇다 나는 얼마나 많은 날들, 밤들을 이 배와 함께했던가, 이 배에서, 그런 날들은 셀 수도 없다. 날씨가 좋으면 나는 항상 배를 타고 나갔다. 그래 그랬다. 나와 엘리네, 우리는 평생을 함께 지내온 노부부처럼 가까웠다. 심지어 실제로 그런 말을 들은 적도 있었다. 물론 나더러 들으라고 한 말은 아니었을 테지만 말이다. 하지만 바임 상점 아래 부두에는 몇몇 남자가, 늘 그랬듯이, 서 있었다. 특히 비에르그빈에서 배가 들어올 때면, 그들은 어김없이 그곳에 모여 서서, 호기심 가득한 눈으로, 배에서 누가 내리고 누가 타는지 살폈다. 때로는 바임으로 보내오거나, 바임에서 보내는 흥미로운 물건도 볼 수 있었지만, 어쨌거나 그들은 오래된 습관처럼 그곳에 모여, 새로운 소식을 나누고, 수다를 떨고, 정치 이야기도 했다. 그렇다 그저 이야기를 나누며 함께 있었을 뿐이다, 어느 날 내가 부두에 배를 대려 했을 때도 그 무리가 그곳에 있었다, 나는 그들이 언제쯤 모이는지 알았기에 그때는 가능한 한 피하곤 했다, 하지만 그날은 무슨 이유에서인지 그들이 모여 있는 부두 쪽에 배를 정박시켰다, 왜 그랬는지는 잊어버렸다, 그때, 배를 정박시키고 닻줄을 묶으려던 순간, 누군가가 저기 야트게이르가 마누라와 함께 들어온다고 소리치는 것을 들었다, 또다른 누군가가 그래 그와 엘리네네 하고 말하자, 모두 큰 소리로 웃음을 터뜨렸다, 나는 가끔 그들이 나더러 들으라고 한 말이었나 생각해보기도 했다, 사실 그랬을 리는 없을 것이다, 아니 나는 이제 더이상 그 생각은 하고 싶지 않다, 확실한 것은 내게 이 배, 엘리네라는 이 나무배보다 더 가까운 여자는 없다는 사실이다, 나는 한 손을 배의 옆면에 얹고 천천히 그 위를 쓰다듬다가 거기에 몽롱하게 앉아 있었다, 엘리네가 잔잔한 바다 위를 천천히 조심스럽게 미끄러져 나아가는 동안 내 생각은 차분하게 가라앉았다, 물론 이 나무배는 그녀의 이름을 따서 엘리네라고 했다, 엘리네, 그녀는 젊었을 때 고향을 떠났다, 어느 날 갑자기 바임을 떠나버렸다, 그리고 몇 년 후, 아마도 바임 상점에서였을 것이다, 그녀가 결혼해서 사르토르로 이사했다는 말을 들었다, 그녀의 남편이 어부라는 말도, 하지만 그건 이미 수년 전의 일, 얼마나 오래전인지 기억조차 할 수 없는 옛일이 되어버렸다, 배에 엘리네라는 이름을 붙인 것은 분명 어리석은 짓이었지만, 나는 배 이름은 여자 이름이어야 한다는 말을 어디선가 들은 적이 있었고, 또 그때 내 머릿속을 끊임없이 맴돌던 이름은 엘리네였기 때문에, 결국 배 이름을 엘리네라고 짓게 된 것이다, 그녀는 여러 해 동안 내 마음속에 있었고, 나는 종종 그녀를 마음에서 떨쳐내기가 어려웠다, 그래서 내 배 이름이 엘리네가 되었다, 사람들 사이에서는 이 이름에 대해 말이 많았다, 엘리아스가 그렇다고 전해주었다, 어느 정도였냐 하면 그들은 나를 야트게 이르 대신에 엘리네라고 불렀다, 엘리네다, 사람들은 그렇게 말했다, 엘리아스가 내게 그 이야기를 해주었을 때, 나는 캐묻지 않았다, 그냥 그렇게 두기로 했다, 내가 할 수 있는 일이 없었으니까, 그런 식이었다, 나는 엘리아스가 내게 가끔 들르는 것이 참 좋았다, 그러는 사람은 그가 유일했다, 그리고 엘리아스는 내가 가끔 찾는 유일한 사람이었다, 이제 나는 순 앞바다, 푸른빛을 머금고 반짝이는 바다를 바라본다, 부두에 정박되어 있는 배는 한 대도 없다, 다행스러운 일이다, 배를 쉽게 정박시킬 수 있을 테니까, 육지에는 흰색 벽에 검은색 글씨로 콜로니알렌이라고 적힌 건물이 있었는데, 글자는 큼지막해서 멀리서도 잘 보였다, 그 옆 작은 건물 벽에는 그 못지않게 크게 콘디토리에라고 적혀 있었다, 이제 내가 순에 도착했다는 것, 그 사실만은 분명했다, 바람도 없었고 파도도 크지 않았기에 나는 손쉽게 배를 정박시키고 엔진을 켜둔 채 잠시 열을 식혔다, 그리고 엔진을 껐다, 바람 한 점 없었고, 바다는 잔잔했다, 들리는 소리도 없었다, 나는 선실 문을 열고 안으로 들어가, 문을 열어둔 채 침대 위에 몸을 쭉 뻗고 누웠다, 우현 쪽 침대, 내가 엘리네를 가진 이후로 익숙하게 쓰던 그 침대에 누워 발을 쭉 뻗으니 기분이 참 좋았다, 비에르그빈을 떠나온 것도 참 좋았고, 사르토르에, 순 부두에 배를 정박시킨 것도 참 좋았다, 이제 나는 잠시 쉰 후에 뭍으로 가서, 콜로니알렌에 들를 생각이었다, 먹을 것은 언제나 사야 하는 법, 자잘한 것도 물론, 그리고 디젤 탱크는 언제나 가득 채워두는 게 좋다, 그리고 나는 디젤 호스가 내 배까지 쉽게 닿을 수 있도록 부두에 배를 정박시켰다. 게다가 순은, 실은 사르토르에서 디젤연료를 넣을 수 있는 모든 곳이, 비에르그빈보다 연룟값이 저렴했다, 심지어 바임보다도 저렴했다. 그래서 나는 여기서 디젤연료도 채우기로 마음먹었다, 그리고 저녁을 준비할 것이었다, 늘 그랬듯이 베이컨과 달걀, 감자를 구워먹을 것이었다, 하지만 오늘은, 어차피 순에 정박해 있으니, 콘디토리에로 가서 미트볼을 사 먹는 것도 좋지 않을까, 당연히 그곳에서는 항상 미트볼을 파니까, 가끔 메뉴판에 다른 것도 있었지만, 어쨌거나 미트볼은 매일 팔았고, 맛도 좋았다, 그래서 오늘은 자신에게 조금 관대해져서 콘디토리에로 가서 미트볼을 사 먹을 수도 있을 것이었다, 아니 어쩌면 오늘만은 안 될지도 모른다, 왜냐하면 나는 오늘 멍청한 시골뜨기처럼 비에르그빈의 어떤 여자가 250크로네나 가로채게 내버려뒀기 때문이다, 너무나 창피한 일이다, 그렇다 그런 일이 벌어졌을 때 비에르그빈 사람들은 스트릴레란데 사람들을 깔볼 권리라도 있다는 듯이 굴었다, 하지만 나는 엄밀히 말해 스트릴레란데 사람이 아니었다, 비록 내가 스스로 그렇게 불렸다 해도, 나는 쉬그닝 출신이었고 쉬그닝 사람들은 스트릴레란데 사람들에 속하진 않았다, 하르딩 사람들도 마찬가지였다, 스트릴레란데 사람으로 인정되고 또 그렇게 불린 사람들은 오직 비에르그빈 주변 지역에 사는 사람들뿐이었다, 하지만 나는 스스로를 스트릴레란데 사람이라고 생각했는데 그러면 적어도 비에르그빈 사람은 아니었고, 비에르그빈 사람들하고는 반대가 되었기 때문이다, 비에르그빈 사람들은 스트릴레란데 사람들의 반대 개념으로만 존재했기 때문에, 나는 나 자신을 스트릴레란데 사람으로 생각했고, 또 그렇게 불렀다, 하지만 사르토르, 순에서라면, 누구나 진짜 스트릴레란데 사람이었다, 그리고 그건 다행한 일이었다, 여기서는 바늘과 실을 살 때 사기를 당할 일은 없기 때문이다, 나는 직접 시험해보기로 했다, 콜로니알렌, 그곳에서는 온갖 것을 다 팔았다, 식료품은 물론, 기타 일상용품, 심지어 옷도, 기성복이라고 했는데, 그런 옷도 팔았다, 게다가 철물, 페인트 등, 떠올릴 수 있는 모든 것이 있었으니, 분명 단추를 다시 달기에 적당한 검은 실뭉치와 바늘도 있을 것이었다, 그래 적어도 콜로니알렌에 가서 그런 것들이 있는지 물어볼 순 있었다. 이제 몸을 쭉 뻗고 충분히 쉬었으니 일어나서 갈 수 있었다. 만조였기 때문에 부두 쪽에 걸려 있는 낡은 덱을 디디고 쉽게 부두 위로 건너갈 수 있었다. 뭍에 올라 주변을 둘러보니, 순은 좋아 보였다. 부둣가를 중심으로 건물들과, 가옥들이 잘 정돈되어 있었다. 바다 쪽을 바라보면 북동쪽으로 비에르그빈에서 들어오는 물길이 보였고, 남동쪽을 바라보면, 순, 즉 작은 만이라는 뜻을 지닌 이곳 지명의 유래가 된 그 만이 보였으며, 해변에는 보트 창고들이 보기 좋게 늘어서 있었다. 줄지어 선 보트 창고들, 줄지어 놓인 부두들, 그렇다 순에 오니 좋았다. 이제 나는 콜로니알렌에 가서 검은 실을 파는지, 단추를 다시 달기에 알맞은 바늘이 있는지 물어봐야 한다고, 그렇게 생각하며 나는 콜로니알렌 문을 열었다. 나는 이전에도 그곳에 여러 번 와본 적이 있었다. 다른 손님들은 보이지 않았다. 저기, 한 상품 진열대 옆에, 트리사가 서 있었다. 그녀는 아주 젊다고는 할 수 없었다. 이전에도 난 콜로니알렌에서 그녀를 몇 번 보았던 것 같다. 정확히 기억할 수는 없었다. 어쩌면 그녀가 가게 주인일 수도 있었다. 나는 그녀에게 곧장 가서 검은 실과 단추를 달 바늘이 있는지 물어보았고 그녀는 나를 빤히 바라보았다, 눈으로 재어보기라도 하듯 아주 오랫동안 샅샅이, 내게는 그렇게 느껴졌다, 그러더니 있다고 말했다, 당연히, 단추를 달 바늘과 실이 있다고, 순 사람들이 헐거워진 단추 하나를 다시 달기 위해 비에르그빈까지 갈 필요는 없다고, 나는 고개를 끄덕이며 정말 맞는 말이라고 했다, 그렇다고, 정말 그렇다고, 트리샤는 내게 바늘과 실을 찾아줄 테니 따라오라고 했다, 이리로 오세요라고 말하며, 그녀는 온갖 물건이 가지런히 줄지어 자리한 진열대들을 따라 걸어갔고, 한 진열대 모퉁이를 돌더니 사라졌다, 나는 그녀를 따라잡기 위해 서두르다가, 진열대 모퉁이를 도는 순간 트리샤의 등에 부딪힐 뻔했다, 그녀는 거기 멈춰 선 채 팔을 높이 뻗어 무언가를 찾고 있었다, 곧 그녀가 한 팔을 내리고, 검은 실타래를 쥔 손을 내게 내밀었다

이거면 될 거예요, 그녀가 말했다

그리고 그녀는 내게 검은 실타래를 건넸고 나는 비닐로 잘 포장된 그 실타래를 받았다, 적어도 사용된 적은 없어 보였다, 비에르그빈에서 샀던 것과는 달랐다,

네 아주 좋아요, 내가 말했다

그렇죠, 트리사가 말했다

그리고 그녀는 이제 적당한 바늘을 찾아보겠다고 했다, 내가 실을 꿰기 위해서는 머리가 너무 작으면 안 된다고, 그녀는 말했다, 다양한 크기의 바늘이 있으니 적당한 바늘을 찾을 수 있을 것이라고, 그녀는 말했고 나는 거기에 잠자코 서서 그녀가 서랍을 열어 여러 바늘을 살펴본 후 한 개를 집어드는 것을 지켜보았다

이 바늘은 어때요? 그녀가 물었다

나는 괜찮은 것 같다고 대답했다, 바늘이 굵지 않아 어떤 단춧구멍에든 들어갈 것 같고, 바늘귀도 너무 작지 않아서 실을 꿸 때도 그리 어렵지 않겠다고, 나는 말했다, 딱 좋다고, 바늘과 실 모두 산다고, 나는 그렇게 말했고 트리사는 몸을 돌려 걷기 시작했다, 뭐라 표현해야 할까, 그렇다 그녀는 위풍당당하게 걸었다, 그렇게 표현할 수 있을 것 같았다, 계산대 앞으로 간 그녀는 금전등록기에 금액을 입력하며 250크로네라고 말했다, 세상에, 나는 깜짝 놀랐다, 그건 내가 비에르그빈의 옷가게에서 바늘과 실을 사며 낸 금

액과 똑같았기 때문이다. 순에서도, 사르토르에서도 똑같은 값을 치러야 하다니, 너무 충격적이었다. 정말이지 믿을 수가 없었다. 실과 바늘을 사는 데 또다시 250크로네나 쓰다니, 말하자면 나는 오늘 바늘과 실을 사는 데만 500크로네를 쓰게 될 거라는 의미였다. 솔직히 그 금액은 이번 여름에 비에르그빈까지 여행을 가는 데 쓰려고 챙겨둔 돈 전부와 같았다. 연료비는 뺀 것이긴 했지만, 그건 그리 큰 액수가 아니었다. 정말이지 믿기지가 않았다. 하지만 나는 단지 바늘과 실이 있느냐고 물어봤을 뿐 가격은 묻지 않았다. 이렇게 어리석고 순진할 수가 있을까. 나는 너무나 바보 같았다. 어떤 안 좋은 말도 나를 표현하기에는 모자랄 정도였다. 나는 거기 서서 주머니를 더듬으며 지갑을 찾고 있었고 계산대 안쪽, 금전등록기 앞에는, 트리사가 당당하게 서 있었다. 이 순간 내가 할 수 있는 일은 그저 돈을 지불하고 기분 좋은 척하는 것뿐이다라고, 나는 생각했고 100크로네짜리 지폐 두 장과 50크로네짜리 지폐 한 장을 꺼냈다. 아니 나는 그 지폐들을 트리사에게 순순히 건네주진 않을 것이다, 나는 지폐를 계산대 위에 가지런히 늘어놓았다. 욕심덩어리

트리사, 그녀가 내 돈을 낚아채려고 몸을 앞으로 쭉 내밀었다, 그렇다 그녀의 욕심은 몸짓에서도 고스란히 드러났다, 이런 내 생각이 채 끝나기도 전에 계산대 위에 내려놓았던 돈은 이미 사라져버렸고 트리사는 내게 더 필요한 것은 없는지 물었다, 더 필요한 게 있을 리가, 사실 나는 원래 이것저것 더 살 작정이었지만, 일이 이렇게 된 이상 그럴 순 없지, 나는 그렇게 생각하며 검은색 실타래와 바늘을 집어들었다, 트리사는 바늘을 종잇조각에 꽂아놓았다, 적어도 트리사가 신경을 안 쓴 건 아니라고, 나는 그렇게 생각했다, 그럼 더 필요한 건 없나요, 트리사의 말에 고개를 저으며 문 쪽으로 걸어가던 나는 다시 등뒤에서 들려오는 그녀의 목소리, 바늘과 실에 만족하시길 바랍니다, 꼭 그러시길 진심으로 바라요라고 말하는, 그녀의 목소리를 들었다, 나는 그녀의 목소리에 비웃음이 약간 섞여 있다고 생각하며 문을 열고 나갔고 가게문이 내 등뒤에서 닫히는 순간 나는 이제 더이상 콘디토리에로도 가고 싶지 않다고 생각했다, 내가 유일하게 원하는 것은 얼른 엘리네로 가서 침상에 누워 바늘과 실 생각을 잊고 다른 생각을 하는 것이었다, 그리고 잠이 들 수만 있다면, 그렇다 그보다 더 좋은 것은 없을 것이다, 하지만 그러기도 쉽지 않을 텐데, 생각하며 나는 침상에 누워 몸을 쭉 뻗었다, 이불을 덮는 순간 오늘은 저녁을 먹지 않았다는 생각이 스쳤다, 배가 고프지 않았으니 그건 괜찮았지만, 침상에 가만히 누워 있는 건 그리 편안하지가 않았다, 아니 거의 괴로울 지경이었다, 이리저리 몸을 뒤척이던 나는 별안간 불안이 몸안에서 꿈틀거리는 것을 느꼈다, 빌어먹을, 세상에 믿을 사람이 단 한 명도 없다니, 나는 지금껏 살아오며 시골 사람들은 믿을 만하다고 순진하게 생각해왔다, 도시 사람들이랑은, 아니 적어도 비에르그빈 사람들하고는 다르다고 믿었다, 비에르그빈 사람들은 기회만 생기면 사람들을 속인다고 알려져 있었으니까, 특히 스트릴레란데 사람들에게는 더 그런다고, 하지만 그렇지 않다는 것을, 스트릴레란데 사람들도 별반 다르지 않다는 것을, 나는 오늘 몸소 겪어 알게 되었다, 내가 겪은 일은 사기, 순전히 사기였다, 그 경험은 내 세계관을 완전히 뒤집어놓았다, 그건 그렇고, 세계관이라니, 그건 도대체 무엇일까, 어떤 관점 같은 것일까, 내게도 세계관이 있었던가, 아니 나는 그게 뭔지도 몰랐으니 아마도 내겐 세계관이라는 것이 없었을지 모른다, 내가 어떻게 그런 걸 가질 수 있겠는가, 하긴, 어쨌거나 마찬가지였다, 중요한 건 내가 오늘 거의 똑같은 바늘 두 개와 거의 똑같은 검은색 실타래 두 개를 샀고 거기에 500크로네나 허비했다는 것이다, 아니 엄밀히 말하자면 한 개 반이었다, 비에르그빈의 여자에게서 샀던 실타래는 쓰던 것처럼 보였으니까, 사실 내 눈엔 반도 넘게 쓴 것처럼 보였다, 나는 내일 다시 확인해볼 것이다, 지금은 너무 피곤해서 검은 실타래 두 개에 실이 얼마나 남아 있는지 비교하고 싶지 않았다, 나는 이제 바늘이나 실 생각은 더 하고 싶지 않았다, 그저 이 지긋지긋한 하루를 모두 잊고 싶을 뿐, 그저 푹 자고 싶을 뿐이었다, 내가 쉽게 잠드는 사람이어서 그나마 다행이었다, 나는 지금껏 잠드는 데 아무 문제도 없었다, 그건 축복이었다, 이걸 설명하는 표현도 있지 않았던가, 수면을 위한 심장, 평안한 심장, 수면 그리고 평안한 심장, 나는 그런 생각을 하며 몸을 옆으로 돌려 누웠고, 스르르 눈을 감았다, 그리고 잠들기 전에 늘 그랬듯 마음속으로 주기도문을 조용히 읊었다, 나는 신앙을 가진 사람은 아니다, 아니 어쩌면 내게 조금의 신앙은 있을지도 모른다, 어쨌든 나는 잠들기 전에 항상 주기도문을 외우는 습관이 있었기에 그날도 파도가 뱃전에 부드럽게 부딪히는 소리를 들으며 주기도문을 중얼거렸고 곧 쉴새없이 부딪히는 파도 소리에 별안간 눈을 떴다, 야트게이르, 야트게이르라는 소리가 들렸기 때문이다, 야트게이르, 야트게이르, 내가 잘못 들은 것일까 아니면 진짜 누군가가 내 이름을 부른 것일까, 아니 거의 외치다시피 했을지도, 하지만 그저 꿈속에서 들은 소리였을 것이다, 누군가 내 이름을 부르는 꿈, 나는 이제 잠에서 깼으니까, 어쩌면 그 소리를 똑똑히 들은 건 아닐지도 모른다, 하지만 그것은 분명 속삭이는 동시에 크게 외치는 것처럼, 아니 속삭이듯 외치는 소리였다, 야트게이르, 야트게이르, 다시 소리가 들렸다, 이젠 꿈이 아니라는 것이 분명해졌다, 나는 분명히 깨어 있었고 누군가가 내 이름을 부르고 있었다, 분명 여자의 목소리, 내 귀에 익숙하지 않은 목소리였다, 도대체 누가 내 이름을 부르는 것일까, 여기 이 순에서, 소리는 순의 부두 쪽에서 들려오고 있었다, 그리고 지금은, 한밤중일 텐데, 아니면 적어도 늦은 저녁이었다, 한여름 밤이었으니 선실 안은 그다지 어둡지 않았다, 아니 내가 상상한 것일 거야, 내 머릿속에서 들리는 소리, 그렇다 나는 분명 꿈을 꾸었을 거야, 나는 생각했다, 하지만 확신할 수는 없었다, 어쩌면 정말 누군가 내 이름을 불렀을지도 모르니까, 마치 내 이름을 부르는 듯한 소리, 아니 그럴 리가 없었다, 여기 이곳, 지금 이 순간에는, 나는 더이상 생각하지 않기로 마음먹었다, 분명 어제 겪었던 일 때문에 피곤했을 것이다, 나는 평소 배에서 잠을 잘 때 옷을 벗고 누웠는데, 지금은 옷을 다 입은 채로 침상에 누워 있었고, 늘 그랬듯 하얀 이불 한 장만 덮고 있었다, 야트게이르, 야트게이르, 다시 소리가 들렸다, 더 또렷하고, 더 크게 들렸다, 야트게이르, 야트게이르, 그 여자 목소리가 야트게이르라고 다시 불렀고 이젠 꿈이 아니라는 확신이 들었다, 누군가가 정말 나를 부르고 있었다, 그렇다면, 누가 나를 부른다면 나가서 누군지 봐야 하지 않을까, 적어도 그 목소리는 부두 쪽에서 들려오는 것 같았다, 당연히 누가 내 이름을 부르는지 알고 싶었다, 그래 당연히 궁금하지, 그렇게 생각하며 침상에 일어나 앉았고, 손등으로 눈을 비비며 졸음을 털어낸 후 일어서

서 선실 안에서 가능한 한 몸을 쭉 폈다, 야트게이르, 다시 야트게이르라고 부르는 소리에 나는 얼른 문을 열고 조타실로 가서 다시 한껏 몸을 곧추세웠다, 나는 상당히 키가 컸기에, 똑바로 서면 어린 소년처럼 보이진 않았다, 오히려 듬직한 남자로 보였다, 나는 갑판 위로 걸어나가 부두 쪽을 내다보았다, 그리고 그곳, 부두 위에, 그렇다 나는 내 눈을 의심하지 않을 수 없었다, 바로 그곳에, 그녀가 있었다, 엘리네 엘리네가! 엘리네, 나의 오랜 은밀한 사랑이 거기 서 있었다, 부둣가에서 그리 멀지 않은 곳에서, 그녀는 물끄러미 나의 배를 내려다보고 있었다, 분명히 그랬다, 내가 엘리네라고 이름 붙였던 그 배를, 나는 엘리네가 사르토르 어딘가에 정착해 살고 있다는 소식을 들은 적이 있었다, 그러나 지금, 지금 나는 분명히 보고 있었다, 나의 오랜 은밀한 사랑이 거기에 서서 엘리네라는 이름이 양편에 자랑스럽게 적힌 배를 내려다보고 있다니, 엘리네는 거기 있었다, 정말 그녀가 있었다, 자기도 모르는 사이 내 배에 자기 이름을 줬던 그녀가, 왜냐하면 나는 결코, 단언하건대, 엘리네에게 내 마음을 고백한 적이 없었으니까, 결코, 절대로, 나는 지금껏 어떤 여자에게도 감히 그런 말을 해본 적이 없었다, 나는 그런 사람이 아니었다, 절대 아니었다, 그런데 지금 엘리네가 거기 서 있었다, 이 아름다운 한여름 밤 내게서 불과 몇 미터 떨어진 곳에, 이건 현실이라 할 수 없었다, 이건 꿈이었다, 내가 보고 있는 것은 환영이 틀림없었다, 어쩌면 유령일지도 몰랐다, 달리 설명할 길이 없었다, 부둣가에 서서 내 이름을 부르는 사람이 엘리네일 리는 없었다, 절대 그럴 리 없었다, 나는 거기 서 있는 그녀를 뚫어지게 바라보았다, 야트게이르, 야트게이르, 그녀는 다시 불렀고 이제 나는 내 눈과 귀를 믿을 수밖에 없었다, 그렇지 않다면, 그렇다 나는 적어도 아직 꿈속에 있거나 이 세상에 있는 게 아닐 테니까, 그리고 야트게이르, 다시 야트게이르라고, 그녀는 다시 불렀고 그 목소리는 상처가 난 듯 아프게 들렸다, 마치 저녁 무렵 양들을 불러모으는 소리처럼, 시사 시사 하고 불러모으는 소리처럼, 그렇게 야트게이르 야트게이르 하고, 이제 나는 뭔가 대답해야만 했다, 네라는 대답이라도 해야 한다고, 나는 생각했고

    네, 나는 큰 목소리로 대답했다

그리고 정적이 흘렀다, 저기 부두에서 몸을 숙이고 뒤로 물러서는 듯한 이는 엘리네였던가, 어쩌면 내 대답이 다소 거칠었을지도 몰랐다, 네 하고 대답했던 내 목소리가, 그렇다, 하지만 내 이름을 불렀던 엘리네가 부두에서 멀어지며 급히 걸어가는 모습이란, 믿을 수 없었다, 하지만 내가 지금 꿈을 꾸고 있는 것은 아니니 그것은 환영임이 틀림없었다, 왜냐하면 나는 엘리네가 사르토르 남자와 결혼했다는 소문을 바임 상점에서 들은 적이 있으니까, 그렇다 그렇게들 말했다, 그녀가 약혼했다고, 토박이 사르토르 남자와 약혼했다고, 그 남자는 어부라고, 그렇게들 말했다, 하지만 그가 정확히 사르토르의 어디에서 왔는지는 아무도 말해주지 않았다, 아니 어렴풋이 기억하건대 누군가가 그는 순 출신이라고 말한 것 같기도 했다, 어쩌면, 그렇다 어쩌면 나는 엘리네가 순으로 이사했다는 말을 누군가에게서 들었을지도 몰랐다, 바임 상점에서 주워들었을 수도 있었고 어쩌면 엘리네와 순에 대한 이야기는 단지 나의 상상에 불과한지도 몰랐다, 하지만 거기, 부두 위, 내게서 겨우 몇 미터 떨어진 곳, 바로 거기에, 나는 그제야 분명히 보았다, 걸음을 멈추고 나를 향해 서 있는 엘리네가, 환영인지 아닌지, 유령인지 아닌지는 몰랐지만, 엘리네가 부둣가에 서서 나를 바라보고 있다는 것은 확실했다, 만약 환영이라면 이보다 더 생생한 환영은 없을 것이었다, 그렇다 내 눈앞에 펼쳐진 모든 것이 너무나 현실 같았다, 그리고 나는 거기, 나무배 엘리네의 갑판 위에 서서 엘리네라는 여자를 바라보고 있었다, 나의 배 이름은 그녀의 이름을 딴 것이었지만, 그녀는 알지 못했다, 적어도 나는 그녀가 모르길 바랐다, 어쨌거나 우리가 계속 그대로 그렇게 있을 순 없었다, 이미 오래 그렇게 서 있었으니까, 그렇다 너무나 오래 그렇게 서 있던 것처럼 느껴졌다, 그리고 그녀, 엘리네가, 먼저 내게 말을 걸었다, 먼저 내 이름을 불렀다, 그러니 이제는 내가 무슨 말을 할 차례인 것 같았다, 엘리네가 내 이름을 분명하고 또렷하게 부른 만큼, 이제는 내가 그녀의 이름을 분명하고 또렷하게 말할 차례인 것 같았다, 나는 온 힘을 모아 크고 또렷하게 엘리네의 이름을 불렀다, 나는 숨길 수가 없었다, 내 목소리에 깃든 떨리는 사랑 같은 것을, 혹은 갈망 같은 것을, 엘리네의 이름을 부르는 내 목소리는 간청하는 것 같았지만 내가 의

도한 바는 아니었다, 결코, 그렇게 소리가 나왔을 뿐, 어쩔 수가 없었다, 그토록 큰 갈망, 그토록 오래된 갈망이, 내 안에 쌓여 더는 안으로만 간직할 수 없었기에 내가 방금 막 엘리네라는 이름을 부를 때 그 이름 속에 스며들었던 것이다, 내가 엘리네라는 이름을 혼잣말로 중얼거린 적이 얼마나 많았던가, 남들 앞에서는 거의 한 번도 말하지 않았고, 적어도 엘리네 앞에서는 절대 부르지 않던, 그녀에게 직접 부른 적은 없던 그 이름을, 이제 나는 불렀다, 처음으로, 그리고 엘리네라는 이름이, 사람들이 말하듯, 마치 공기 중에 맴도는 것 같았다, 오래도록 맴돌았다, 영원처럼 오래도록, 그렇게 느껴졌다, 이윽고 엘리네가 크게 울먹이는 목소리로 말했다
  네, 그녀가 말했다
 네라는 말은 내 안으로 가라앉았다, 그렇다 마치 내가 그 말을 삼킨 듯했고 그 말이 내 뱃속에 자리를 잡은 것 같았다, 그 네라는 말은 어떤 거대한 질문에 대한 대답 같았으며, 여느 평범한 네 같지는 않았다, 그건 마치 바로 옆에 서 있는 그 사람과 결혼하겠느냐는 질문을 받았을 때 할 만한 대답이라고 내가 상상했던 그런 네에 가까웠다, 내가 무슨

말을 해야 할지 알 수 없어 눈을 내리깔았다가 다시 살짝 고개를 드니 부둣가에 서서 발밑을 내려다보고 있는 엘리네가 보였다, 이젠 무슨 말이라도 해야 했지만, 나는 무슨 말을 해야 할지 알 수 없었다, 이 이상하고 놀라운 순간, 너무나 오래도록 갈망해온 이 순간, 좀더 젊었던 시절, 내가 한창 젊을 때는 말할 것도 없고, 그때 더욱 갈망했던 순간이긴 하지만, 그래도 여전히, 그렇다 나는 인정하지 않을 수 없었다, 때로는 엘리네를 갈망했고 혼잣말로 그녀의 이름을 불렀다는 사실을, 그랬다, 하지만 자주 있는 일은 아니었다, 때로는, 솔직히 말해, 내가 갑판 위에 서 있을 때면, 내 배를 생각하는 것인지, 아니면 엘리네를, 지금 순의 부둣가에서 한여름 밤의 어스름한 빛 아래 살아 숨쉬고 있는 저 엘리네를 생각하는 것인지 알 수 없었다, 나는 다시 야트게이르 하고 부르는 엘리네의 목소리를 들었다, 내 이름을 부르는 그녀의 목소리에는 갈망이 묻어 있었다, 그리고 나는 나의 배를 향해 나를 향해 부둣가로 걸어오는 그녀를 보았다, 하지만 이건 분명히 꿈이야, 절대 현실일 리가 없어, 나는 생각했다, 하지만 이건 현실이 맞을 거라고, 그렇게 생각하며 나는 손등으로 눈을 비비고 팔을 꼬집었다. 그래 내 팔을 꼬집었고, 나는 깨어 있어, 완전히 깨어 있어, 엘리네가 부둣가로 다가오고 있어, 뭔가 해야만 해, 무슨 말이라도 하든가, 그저 제자리에 서서 그녀의 발만 보고 있을 수는 없어, 그녀의 발만 보고 있잖아, 그래 그녀가 이만큼 가까이 다가왔는데 나는 정말 무슨 말을 해야 할지 모르겠어, 하지만 그녀가 먼저 말을 걸어오겠지, 그녀가 내게 온 것이지 내가 그녀에게 간 것이 아니니까, 그러니 그녀가 먼저 입을 여는 게 맞아, 나는 생각하며 갑판 위에 서 있고 엘리네를 올려다볼 용기도 낼 수 없다, 그녀는 아무 말도 하지 않는다, 그래서 나는 내가 무슨 말이라도 해야겠다고 생각한다

안녕하세요, 내가 말한다

안녕하세요, 엘리네가 말한다

그리고 둘 다 아무 말이 없다

오랜만이에요, 내가 말한다

네 정말 오랜만이에요, 그녀가 말한다

그리고 다시 흐르는 침묵 속에서 나는 마음을 다잡는다

다시 만나게 되다니 참 신기하네요, 내가 말한다

저도 그래요, 그녀가 말한다

그리고 다시 침묵이 흘렀고 나는 또 무언가 할말을 찾아야겠다고 생각한다

정말 뜻밖이에요, 내가 말한다

네 여기 순에서 당신을 다시 보다니, 내가 말한다

아니 이런 일이 일어날 거라곤 상상도 못했어요, 내가 말한다

전혀 생각도 못했죠, 그녀가 말한다

그녀가 애써 조심하려는 것처럼 말한다는 생각과 함께, 다시 침묵이 흘렀고 나는 또 무슨 말을 해야겠다고 생각한다, 하지만 이 시간에 엘리네를 배로 초대할 수는 없다, 한밤중인데다, 그녀는 이미 결혼한 여자였으니까.

배에 올라가도 될까요, 엘리네가 말한다,

그럼요 올라오세요, 내가 말한다

어서 오세요, 한번 더 말한다

그리고 나는 엘리네를 본다, 그녀는 배에 익숙한 사람이고, 이미 부두에서 배로 내려서고 있다, 이윽고 엘리네 혼자서 뱃전 난간에 올라선다, 나는 생각하며 웃는다, 그래 엘리

네가 엘리네 위에 서 있다고, 그리고 엘리네는 내 생각을 읽은 것처럼 말한다.

그래요 지금 엘리네가 엘리네 위에 서 있네요, 그녀가 말한다

나는 엘리네가 배 이름이 엘리네인지 어떻게 알았을까 생각한다, 그리고 바보 같은 생각임을 깨닫는다, 엘리네라는 배 이름은 조타실 옆에 커다랗게 적혀 있고, 그다지 어둡지 않은 이런 밤에는 눈이 멀지 않고서야 누구든 볼 수 있을 거라고, 나는 생각한다,

배 이름을 엘리네라고 지었군요, 엘리네가 말한다

그녀는 여전히 뱃전 난간에 서 있다

네 맞아요, 내가 말한다

나는 엘리네가 배에 오를 수 있도록 손을 내밀어 돕는 게 좋겠다고 생각한다, 그래서 나는 손을 내밀고 그걸 잡아쥐는 엘리네의 손은 너무나 따뜻하고 부드럽다, 그녀의 손에서 전해지는 따스함이 내 온몸을 관통하며 흐르는 것 같다, 한 번도 경험해본 적이 없는 느낌이다, 내 온몸을 흐르는 이런 따스한 느낌은 정말 새롭다고, 나는 생각한다, 말로는 표

현할 수 없다고, 나는 생각하며 엘리네의 손을 잡고 거기에 서 있다, 엘리네가 이제 갑판 위에 중심을 잃지 않고 똑바로 서 있는데도, 그리고 그녀, 엘리네는 내 손을 꼭 쥐고 있다, 분명 놓고 싶지 않은 것이다, 그녀가 내 손을 놓지 않으려 한다면 나도 그녀의 손을 놓을 생각이 없다, 우리는 거기 그렇게, 손을 맞잡은 채, 갑판 위에 서 있다, 아 엘리네의 손을 잡는 꿈을 얼마나 많이 꾸었는지 셀 수도 없다고, 나는 생각한다, 그리고 지금, 반은 어둠에 잠기고 반은 빛 속에 잠긴, 이 한여름 밤, 순의 부둣가, 나의 배 엘리네 위에서, 지금 우리는 서 있다, 손을 맞잡은 채, 마침내 서로의 손을 맞잡은 채로, 나는 생각한다, 우리가 언제까지 이렇게 있을 수는 없다고, 왜냐하면 엘리네는 결혼했으니까, 그녀가 바임을 떠났던 것은 수년 전이었다, 상당히 갑작스럽게, 떠나버렸다, 그리고 얼마 지나지 않아, 언제인지 자세히 기억나진 않지만, 그녀가 사르토르 남자와 결혼할 거라는 소문을 들었다, 그녀가 어쩔 수 없이 결혼해야 했다는 소문도 여기저기서 떠들썩했다, 그녀가 임신을 했기 때문이라고, 하지만 사람들은 이 말 저 말 떠들어대기 마련이고, 그걸 다

곧이곧대로 믿으면 안 된다고, 나는 생각했다, 어쨌든 우리는 무작정 그렇게 서 있을 수는 없다고, 둘 중 누구라도 무슨 말을 해야 한다고, 나는 생각한다,

그래요 드디어 만나게 됐군요, 엘리네가 그렇게 말한다

네, 내가 말한다

우리가 서로를 찾아내기까지는 정말 오랜 시간이 걸렸어요, 그녀가 말한다

나는 똑같이 생각하고 똑같이 느꼈지만, 입 밖에 내어 말하진 않았다, 그 말은 내겐 너무나 버겁기에, 그럴 수가 없었다, 예전에도, 그리고 지금도 그랬다, 나는 바닥을 내려다보며 서 있었다, 하지만 나는 이대로 계속 서 있을 순 없었다, 우리가 언제까지나 계속 서 있을 순 없었다, 나는 그렇게 생각하며 고개를 들어 내 곁에 서 있는 엘리네를 바라보았다, 꼿꼿하게, 엘리네는 한여름 밤의 어스름한 빛 속에 서 있었다, 그녀는 전혀 변하지 않았다, 수년이 지났는데도 여전히 똑같았다, 아니, 믿을 수 없다고, 이건 분명 꿈이라고, 현실일 리가 없다고, 나는 생각한다, 엘리네는 우리가 지금 이렇게 다시 만난 것이 믿기지 않는다고 말한다, 자신이 순

에 살고 있다는 것까지 어떻게 알았느냐고, 아니 그 말은 하지 않았어야 했다고, 그런데 지금은 왜 그런 말을 하고 있는지 모르겠다고 그녀는 말한다, 나도 엘리네가 지금은 왜 그런 말을 하는지 궁금하다, 그녀가 슌에 산다는 걸 내가 알고 있어서 놀랍다고 하는데, 사실 나는 전혀 알지 못했다, 그런데 그녀는 왜 그렇게 묻는 걸까, 나는 생각한다, 엘리네는 내가 바임에서 그런 소문을 들었을 거라고 한다, 그러더니 자신이 왜 그런 말을 하는지 모르겠다고 또다시 말한다, 나는 그녀에게 뭔가 대접하고 싶다고, 얼른 배 안으로 들어오라고 말한다, 제대로 된 집은 아니고 비록 선실이지만 안으로 들어오라고, 달리 마땅히 대접할 곳이 없다고 나는 말한다, 엘리네는 고맙다고 말하며 선실 안으로 들어가고, 나는 정말 아무것도 모르겠다고, 내가 깨어 있을 리 없다고, 이건 꿈이어야 한다고 생각한다, 하지만 어차피 상관없는 일이다, 꿈은 꿈이고 현실은 현실이니까, 그렇지만 어떤 방식으로든 현실은, 그래 아니, 꿈처럼 된 적은 없지만, 그래도 내가 살아온 내내 현실에는 언제나 뭔가 꿈같은 것이 있었다, 배가 물속에 있는 것처럼 현실은 꿈속에 있는 거라고, 나는 생각한다, 아니 어쩌면 그 반대로, 바다는 현실이고 배가 꿈이 아닐까, 왜냐하면 배는 언제나 무언가에 대한 꿈일 테니까, 그렇다 분명 배란 그런 거다, 적어도 내게는 그래, 정확히 어떤 꿈인지는 모르지만 배는 언제나 꿈이었다, 내가 어렸을 때부터 줄곧 그랬다고, 나는 생각하다가 얼른 들어오라고 재촉하는 엘리네의 목소리를 따라 선실로 들어간다, 그녀가 좌현 쪽 벤치가 아니라 내 침상 위에 앉아 있다, 그렇다면 나는 어디에 앉아야 하나, 엘리네 옆에 앉을 수는 없는 일, 그건 아니다, 그렇다고 맞은편 벤치에, 비어 있는 벤치, 침대로는 한 번도 쓰지 않은 그 벤치에 앉는 것도 어딘가 모르게 잘못된 일 같다, 반면에 엘리네는 딱히 침대라고는 부를 수 없는, 왜냐하면 배 안에 침대 같은 건 없으니까, 그 자리에, 어쨌든 적어도 침상이라고 부를 만한 자리에 앉아 있다, 생각에 잠겨 있는 내게 엘리네는 얼른 앉으라고 말한다, 그래서 나는 바로 거기 침상에, 엘리네 옆에 앉는다, 둘 다 아무 말이 없다, 우리는 앞만 바라보며 앉아 있고 무슨 말을 해야겠다고 생각한 나는 오랜만에 만나서 참 반갑다고 말한다, 엘리네도 그렇다고, 정말 그렇다고 말한다, 다시 침묵이 흐르고 나는 엘리네에게 이게 내 배인 줄 어떻게 알았는지, 배 안에 내가 있다는 것은 또 어떻게 알았는지 물어봐야겠다고 생각한다, 그러자 엘리네가 오늘 콜로니알렌에 들렀다가 집에 가는 길에 내가 배에 오르는 것을 보았다고 말한다, 그리고 집에 갔다고, 그래 집, 집이란 것도 여러 가지로 불릴 수 있을 텐데, 어쨌거나 그녀는 머릿속에서 나를 떨쳐낼 수 없었다고 말한다, 옛날과 같았다고, 말하더니, 갑자기 말을 멈추었다, 그녀가 살짝 얼굴을 붉혔나, 나는 어둑어둑한 선실 안에서도 볼 수 있었다, 아니 눈으로 볼 순 없었지만, 나는 느낄 수 있었다, 그리고 다시 침묵이 흘렀다

사르토르로 이사했다고 들었어요, 이윽고 나는 말한다

그랬어요, 엘리네가 말한다

여기 순으로 왔죠, 그녀가 말한다

이곳으로 와 결혼을 했나봐요, 내가 말한다

그렇다고도 할 수 있죠, 그녀가 말한다

그리고 다시 침묵이 흘렀고 나는 무슨 말인가 해야겠다고 생각한다

당신이 결혼을 했으니까, 내가 말한다

네 그렇죠, 그녀가 말한다

불행히도, 불행히도 나는 이곳으로 와 결혼을 했어요, 하지만 이곳에서 단 한 번도 내 자리를 찾지는 못했어요, 그녀가 말한다

그리고 다시 침묵이 흘렀다, 오랫동안

나는 당신과 함께 바임으로 가고 싶어요, 엘리네가 말한다

나는 흠칫한다, 그녀가 지금 뭐라고 한 거지, 나와 함께 바임으로 가고 싶다고, 이 늦은 시간에, 한밤중에, 내 배까지 와서, 나와 함께 바임으로 가고 싶다고 말하다니, 아니 이건, 이건,

그래요 나는 바임으로 돌아가고 싶어요, 엘리네가 말한다

나는 종종 무슨 말을 해야 할지 모를 때가 있지만, 지금은 정말 할말을 찾을 수가 없다

하지만 당신은 사르토르 남자와 결혼해서 지금 순에 살고 있잖아요, 내가 말한다

그러자 엘리네는 그렇다고 대답한다, 하지만 행복한 결혼생활이 아니라고, 그녀는 말하며 울기 시작한다, 그 남자, 프랑크와는, 절대 결혼하지 말았어야 했다고, 그녀는 울먹

이며 말한다, 그건 자기 인생에서 가장 어리석은 결정이었다고, 바임에서 비에르그빈으로 이사한 건 그다음으로 어리석었다고, 말하는 그녀에게 내가 아이는 없느냐고 묻자 그녀는 다행히도 지금껏 아이 없이 살아왔다고 말한다, 아이는 없다고, 아이를 갖고 싶었지만 프랑크 같은 남자를 아버지로 둔 아이는 갖고 싶지 않았다고, 그녀는 말한다, 그리고 그녀는 정말 안 되겠느냐고, 그저 내 배를 타고 바임으로 같이 가면 안 되겠느냐고, 프랑크에게서 벗어나는 걸 도와줄 수는 없겠느냐고 묻는다, 그렇다고, 그녀는 말한다, 짐은 이미 싸두었다고, 그래 그녀는 지금 집에 혼자 있다고, 자신의 남편, 프랑크라는 남자는, 어부고 지금은 바다에 나가 있으니 이보다 더 좋은 기회는 없을 거라고 그녀는 말한다, 그리고 당신과 나 그러니까 우리는, 그녀는 이번에는 정말로 얼굴을 붉히며 말한다, 우리는 늘 서로에게 좋은 감정을 가지고 있지 않았느냐고, 나는 거기 앉아 어쩔 줄 몰라 한다, 이런 말은 하지 말았어야 했는데라고, 그녀는 말한다, 너무 부끄럽다고, 나는 가만히 앉아 있을 뿐 무슨 말을 해야 할지 알 수 없다, 당신이 원하지 않는다면 할 수 없다고, 그렇게

말하며 엘리네가 몸을 일으킨다

 지금 가려는 건가요, 내가 묻는다

 가는 게 나을 것 같아요, 그녀가 말한다

 아니 잠깐 기다려봐요, 내가 말한다

 정말 여기 있길 바라나요, 그녀가 묻는다

 네 그럼요, 내가 말한다

 나는 그 말을 꼭 해야만 할 것 같은 기분이 든다

 나는 늘 당신을 그리워했어요, 내가 말한다

 그리고 말을 내뱉기가 무섭게 아니 하지 말걸 하는 생각이 든다, 생각하는 건 괜찮지만, 말로 하다니, 아니 이건 내가 아니다, 이제 나는 더이상 내가 아니다, 있을 수 없는 일이다, 내가 그렇게 생각하는 순간, 미처 깨닫기도 전에, 엘리네는 내 무릎 위에 앉아 있고 한 팔을 내 어깨에 두른 채 내 뺨에 입을 맞추며 지금 당장 떠나면 안 되느냐고 묻고 내가 그녀에게 챙길 것은 없는지 묻자 그녀는 짧게 피식 웃으며 이미 짐은 다 싸놓았다고 말한다, 그녀가 가져가고 싶은 몇 가지는 이미 여행가방에 넣어 저 위 굽어진 길 어귀 수풀 뒤에 숨겨두었다고, 그렇다 부두로 내려오기 직전에 보이는 그 길에, 그녀는 처음엔 그 여행가방을 바로 가져오려고 생각했지만, 그건 무례할 수도 있겠다고 생각했단다, 게다가 내가 곧장 바임으로 돌아갈 생각인지도 확실치 않고, 설사 내가 집으로 돌아갈 계획이었다 하더라도, 내가 그녀를 배에 태워 데려가리라고, 무임승차를 허락해주리라곤 장담할 수 없었다고, 그녀는 말한다, 하지만 이제 나와 함께 바임으로 돌아가도 된다면 그녀는 여행가방을 가지러 가겠다고, 그래도 괜찮냐고, 그녀가 묻는다, 내가 바로 대답하지 않아서 그랬는지 그녀는 내가 같이 가길 원하지 않는 것 같다고 말하고 나는 그 말에 정신이 번쩍 들어 조타실 문 앞에 서 있는 그녀를 보고 내가 뭘 하고 있는지 미처 깨닫기도 전에 나는 자리에서 일어나 그녀에게 다가가서 두 팔을 뻗어 그녀를 감싸안고 그녀도 두 팔을 뻗어 나를 감싸안고 우리는 그렇게 서로를 껴안은 채 오랫동안 서 있었다, 얼마나 오랫동안 그랬는지는 나도 모른다, 그녀가 이젠 가서 가방을 가져와야겠다고 내 귓가에 속삭이고 나는 그러라고, 떨리는 목소리로 말한다, 우리는 서로를 놓아주고 엘리네는 뱃전 난간 위로 가뿐히 뛰어올라 부두에 걸려 있는 덱으로 넘어

가더니 어스름한 빛 속으로 사라지고 나는 지금 도대체 무슨 일이 일어나고 있는지 생각에 잠긴다, 나는 아무것도 이해할 수 없다, 수년간 엘리네를 좋아했던 것은 사실이다, 하지만 나는 단 한 번도 그녀에게 내 마음을 고백한 적이 없다, 단 한 마디도, 그 어떤 희미한 암시조차도 준 적이 없다, 그런데도 그녀는 어떤 식으로든 내 마음을 알아차렸던 것으로 보인다, 어쩌면 그녀는, 아니 확실히, 그녀 역시 나를 좋아했던 건 아닐까, 세상에, 정말 믿기지 않는 일이다, 정말이지, 이건 도무지 이해할 수 없는 일이었다, 이런 게 사람들이 불가해하다고, 상상할 수 없다고, 믿을 수 없다고 표현하는 것이었나, 나는 생각에 잠긴 채 조금 전까지 엘리네가 앉아 있던 침상에 앉았다, 배를 미리 좀 청소하고 정리해둘 걸, 하지만 나는 누군가가 찾아올 것이라곤 생각지 못했다, 그런데 만약 엘리네가 나와 함께 우리집까지 가려고 한다면 어떡하나, 그렇다 그보다 더 좋은 일은 없을 것이다, 하지만 나는 오랫동안 집 청소를 하지 않았다, 정리도 하지 않았다, 마지막으로 집을 치운 게 언제였는지 기억도 나지 않았다, 게다가 엘리네가 나와 함께 우리집에 갈 거라고 누가 말해준 적도 없었다, 그렇다 아무도, 어느 누구도 그런 말을 하지 않았다, 어쩌면 나는 혼자 지레짐작한 건지도 모른다, 그저 내가 상상한, 희망 섞인 착각, 단지 그뿐, 어쩌면 이 모든 것이 전부 상상이었는지도 모른다, 그렇다 엘리네가 내 배에 있었던 것도, 꿈이 아니었을까, 그렇다 엘리네가 내 배에 와서 나와 함께 바임으로 가고 싶다고 했을 리가 없었다, 바임 어디서 살 작정인지에 대해서도 한마디 말이 없었다, 우리집에 들어와서 살겠다는 생각은 전혀 하지 않았을 것이다, 아니 어쩌면 바로 그게 그녀가 바랐던 것, 생각했던 것이었을까, 그리고 나는 그걸 원할까, 정말로, 하지만 나는 혼자 사는 걸 훨씬 더 좋아하지 않았나, 지금까지 그래왔던 것처럼, 부모님이 세상을 떠난 후부터 그래왔듯이, 그리고 그 세월도 꽤 되었다, 하지만 이제는 내가 무엇을 원하느냐 원하지 않느냐 하는 문제가 아니었다, 이제는 마치 어떤 다른 사람의 의지가 지배하는 듯했고, 모든 것이 순식간에 변한 듯했다, 이제는 마치 엘리네의 의지가 모든 것을 지배하는 듯했다, 아니 더는 생각해봐야 소용없는 일, 이제는 어떻게든 일어나야 하는 일이 일어날 테니까, 왜냐하면 이제는 엘리네가 나와 함께 바임으로 돌아가는 게 이미 결정된 것 같았으니까, 그녀는 방금 자기 가방을 가지러 갔다, 이건 결코 꿈이 아니었다, 이건 분명한 현실이었다, 좋게든 나쁘게든, 그렇다 나의 미래는 이미 결정된 것 같았다, 이제는 모든 것이 바뀌어버린 듯했다, 나는 그저 내게 일어나는 일을 최선을 다해 따라가는 것 외엔 선택의 여지가 없었다, 하지만 모든 것이 너무나도 비현실적으로 느껴졌다, 이건 꿈이어야 마땅할 것 같았지만, 결코 꿈은 아니었다, 나는 바로 여기에 이보다 더 또렷할 수 없는 정신으로 엘리네라 불리는 배의 선실 한가운데에서, 다리를 쩍 벌리고 서 있었다, 그리고 엘리네가 여기, 이 배 위에 있었던 것도, 그녀가 지금 여행가방을, 저기 모퉁이 덤불 뒤에 숨겨둔 여행가방을 가지러 간 것도 틀림없는 사실이었다, 우리는 여기서 서로 껴안고 있지 않았던가, 그렇다 우리는 그랬다, 그건 부정할 수 없는 사실이었다, 게다가 우리는 거의 입을 맞추기 직전 아니었나, 아니었던가? 그런데 나는 정말로 그녀에게 입을 맞추려고 했던가, 아니 나는 그럴 마음이 전혀 없었다, 그런데 왜 내가 입맞춤에 대한 생각을 했는지 이해할 수 없었다, 하지만 생각은 생각일 뿐, 그리고 입을 맞추고 싶다는 생각을 내가 그토록 자주 하지 않았던가, 그 이상의 것도, 엘리네와 함께, 그렇다 솔직히 말해 내가 그런 생각을 했던 건 사실이다, 그것도 한두 번이 아니었다, 정말로 솔직히 말하자면 그랬다, 그렇다 나는 한때 엘리네에게 홀려 있었고, 그 홀린 듯한 느낌은 엘리네가 사르토르로 떠나 거기서 결혼해 잘 살고 있다는 것을 안 후에도 나를 떠나지 않았다, 그렇다 나는 그것을 알고 있었지만 그 느낌은 단 한 번도 나를 떠난 적이 없었다, 오히려 시간이 흐를수록 더 강해졌다고도 할 수 있었다, 그래서, 어쩌면 바로 그 때문에 나는 그날 밤을 순에서 보내기로 했는지도 몰랐다, 그게 엘리네 때문이라는 생각을 하진 않았다고 해도 말이다, 하지만 무언가를 생각하지 않는다고 해도, 여전히 이런저런 것을 할 수 있다, 누군가가 순에 배를 대고 머무른다, 그러면 거기에는 어떤 이유가 틀림없이 있기 마련이다, 왜냐하면 나는 배를 몰고 다른 곳으로 갈 수도 있었고, 아니면 그냥 비에르그빈에 계속 정박해 있을 수도 있었다, 아니 나는 그럴 기운조차 없는데 그건 빌어먹을 단추 때문이었다, 한데 지금 이 순간 내가 또다시 그 헐렁한 단추 생각을 하다니, 지금 내가 생각할 게 겨우 바늘과 실밖에 없단 말인가, 그렇다 그랬다, 하지만 제기랄, 정말 불쾌한 일이었다, 하루에 두 번이나 속다니, 그것도 도시 사람과 시골 사람 모두에게, 아니 도시 여자와 시골 여자, 그렇게 말해야 하나, 아니 어쨌든, 내가 속았다는 것, 창피할 만큼 철저히 속았다는 것, 그것도 저기 비에르그빈과 여기 사르토르에서, 심지어 내가 이 시골에서 속을 줄은, 그건 정말 생각도 못했다, 나는 줄곧 시골인 스트릴레란데 사람들이 도시인 비에르그빈 사람들보다 나을 거라고 믿어왔지만, 그건 참으로 부끄러운 착각이었다, 그것 말고는 달리 더 할말이 없었다, 그리고 이제, 엘리네가 돌아오면 나는 그녀에게 이 이야기를 해야 할까? 오늘 내가 얼마나 많은 돈을 뜯겼는지 말이다, 나는 고작 헐렁한 단추 한두 개 때문에 바늘과 실을 사야 했고 그래서 비에르그빈에 갔다, 최근 몇 년간 그곳에는 일 년에 한 번 가는 게 전부였다, 젊었을 때와는 달랐다, 나는 젊었을 때 배를 몰고 자주 비에르그빈에 갔다, 적어도 이른봄과 여름에는, 지금은 그러지 않았다, 특히 부모님이 세상을 떠난 이후로는 더 그랬다. 무엇보다 내가 나이를 먹어서 술집에 앉아 있는 게 더 이상 즐겁지 않았을지 모른다. 그렇다, 젊었을 적 나는 주로 여자들에게 관심이 있었다, 흔히들 말하듯이, 아니면 단순히 아내를 맞이하고 싶었을지 모른다, 다른 사람들이 그러듯이, 아니 어쩌면 그냥 마누라 하나를 들이고 싶었을지 모른다, 다들 그렇게 말하지 않는가, 하지만 그쪽 일은 아무 진척도 없었다, 뭐라고 말해야 할지 모르겠는데, 내 안에 있는 수줍음 때문에 나는 먼저 나서본 적이 없었다, 적극적으로 들이대본 적도 없었다, 이걸 어떻게 말해야 할까, 그렇다 나는 어떤 식으로든 여자에게 다가간 적이 없었고, 어떤 여자도 내게 눈길을 준 적이 없었다, 물론 내가 어디 흠이 있거나 그런 건 아니었다, 나는 그저 평범한 남자였다, 수염이 다른 남자들보다 더 많고 길었을지도 모르겠다, 그래 아마도 그랬던 것 같다, 내 턱수염은 덥수룩했다, 수염이 너무 길어졌다는 생각이 들면, 욕실 거울 앞에 서서 가위로 수염을 다듬곤 했다, 하지만 솔직히 말하자면 그 가위질 사이에는 꽤 긴 시간적 간격이 있었다, 그건 뭐 어쩔 수 없었다, 그래도 적어도 배를 몰아 비에르그빈으로 가기 전에는 늘 수염을 정리했고, 내친김에 머리도 잘랐으며, 헤어스타일도 다듬었다. 그건 헤어스타일이라고 할 것도 없는, 단순하고 수수한 머리 모양이었다. 나는 항상 머리를 뒤로 빗어넘기고 목덜미를 따라 최선을 다해 자르곤 했다. 일단은 일자로 똑바로 잘라내고, 그다음엔 비스듬히 다듬었다. 먼저 한쪽을 다듬고 다른 쪽을 살펴보았다. 혼자 사는 사람은 이 모든 일을 자기 손으로 재주껏 할 수밖에 없다. 마을을 돌아다니면서 누군가한테 내 머리를 잘라달라고 하거나, 아니면 그저 내 뒤에 서서 어떻게 자르면 되는지 말만 해달라고 부탁할 수는 없는 노릇이었다. 혼자서 해버리는 게 가장 좋고 가장 편했다. 물론 그러다보면 한쪽 머리가 좀더 짧을 때도 있었지만, 그 정도는 그러려니 해야 했다. 그건 그렇게 중요하지 않았다. 앞에서 보기에는 전혀 나쁘지 않았으니까. 그리고 내겐 그게 가장 중요했다. 내 뒷모습이 어떻게 보이는지는 그다지 중요하지 않았다. 예전부터 나는 늘 그랬고, 앞으로도 그럴 것이었다. 내 수염과 머리카락은 평생 줄곧 검은색이었지만, 최근 몇 년 사이 머리털이며 수염이 점점 더 희어지기 시작했다. 지금은 반 넘게 하얗게 셌다. 사람들이 말하기를, 여자들은 그런 걸 별로 좋아하지 않는다, 바로 이런 반백의 중년 남자를 두고 하는 말일 것이다, 그렇다 나도 충분히 이해할 수 있었다, 그래서 나는 여자를 얻겠다는 생각은 포기해버렸다, 또 이런 말투가 나와버렸다, 여자를 얻겠다니, 하지만 나는 단 한 번도 엘리네에 대한 생각을 놓아본 적이 없었다, 그리고 지금, 갑판 위, 나의 배 엘리네 안, 이 조타실 안에서, 나는 엘리네가 돌아오기를 기다리며 서 있었다, 가방을 가지러 간 그녀를, 그렇다 그 가방은 이삿짐일 것이었다, 엘리네는 바임으로 돌아가고 싶다고 했다, 정말 그렇게 말했다, 하지만 그녀가 바임 어디에서 산단 말인가, 그녀의 부모님은 오래전에 세상을 떠났고 상점 가기 직전 길모퉁이에 있는 그녀의 어린 시절 집은 이미 팔렸다, 그리고 내가 아는 한 바임에는 엘리네의 친척이 없었다, 그렇다면 그녀는 어디서 살 생각일까, 도대체 어디서, 나는 모르겠다, 내가 아는 한 그녀는 내 집에서 살 생각을 하고 있었다, 하지만 엄밀히 말해 내가 정말로 누군가와 함께 살기를 바랄까, 나는 혼자 사는 남자고 평생을 그래왔다, 사실 나는 내 집에 다른 사람이 들어와 사는 게 내키지 않았다, 누가 온다면 아마도 가장 먼저 집안 정리부터 시작할 터였다, 그렇다 그녀는 바로 그 정리한다는 표현을 쓸 것이다, 어수선하게 어질러진 것들을 정리해야 한다고, 분명 그렇게 말하고, 정리할 것이다, 어질러진 것들을, 그렇다면 집안은 꽤나 소란스러워질 것이다, 내가 엘리네를 아무리 좋아한다 해도, 글쎄 잘 모르겠다, 어쩌면 내가 너무 나이를 먹어서 다른 사람과 함께하는 삶에 기꺼이 맞춰갈 수 없게 된 건지도 모르겠다, 아니 나는 어쩌다가 이 지경이 되어버렸을까, 씁쓸한 진실은 엘리네가 방금 자기 여행가방을 가지러 갔다는 것, 그리고 나는 그저 이렇게 서서 그녀를 기다릴 수밖에 없다는 것이다, 그리고 저기에서, 그렇다 저기에서 들려오는 발소리에 나는 뱃전 난간 위로 올라가 부두 가장자리를 잡고는 큼직한 여행가방을 들고 성큼성큼 걸어오는 엘리네를 본다, 그러니까 이건 아마도 내가 깨달은 것보다 더 현실적인 일인 것이다, 나는 곧장 나를 향해 걸어오는 엘리네와 그녀의 재바른 발걸음에 맞추어 앞뒤로 흔들리는 여행가방을 보고서야 현실임을 깨닫는다, 나는 그렇게 큼직한 여행가방은 본 적이 없다, 그렇다 저 여행가방은 흔히 아메리카 슈트

케이스라고 부르는 것일 테다, 나는 생각한다, 하지만 그런 가방은, 그러니까 아메리카 슈트케이스는, 그저 여느 상자나 다름없을 텐데 나는 어쩌자고 지금 여기 이렇게 서서 엘리네가 종종걸음으로 내게 다가오고 있는 이 순간에 세상의 그 모든 것 가운데서도 하필이면 아메리카 슈트케이스가 어떤 모양인가를 생각하고 있는 것일까, 그렇다 그녀는 거의 뛰다시피 오고 있었다, 내 배에 타려고 서두르는 것 같았다, 아니 이건 내가 상상하는 것 이상이었다, 내가 그렇게 생각하는 사이에 엘리네는 이미 부둣가에 이르렀고 보기만큼 무겁지 않은 여행가방을 내게 내밀었다, 나는 가볍게 그 가방을 번쩍 들어 갑판 위에 내려놓는다, 그리고 몸을 돌려 이미 배에 오르고 있는 엘리네를 본다, 그녀는 이미 뱃전 난간 위에 서서 조타실의 손잡이를 잡은 채, 배에 올라탄다, 그녀는 배에 오르자마자 내게 언제 북쪽으로 출발할 생각이냐고 물었고 나는 거기에 대해 깊이 생각해보지 않았지만, 적어도 내일 모레까지 순에 머무를 마음은 없었다,

  내일요, 내가 말한다

  있잖아요, 엘리네가 말한다

우리 북쪽으로 좀더 올라가서 항구 바깥쪽에 배를 대면 어떨까요, 그녀가 말한다

나는 왜 그래야 하는지 생각한다, 이렇게 늦은 저녁 시간인데 아니면 이른밤 아니면 몇시쯤인지는 모르겠지만, 게다가 내 배에는 침구가 한 사람 몫밖에 없는데, 지금 봐선 엘리네도 내 배에서 자려는 것 같다, 그녀는 분명 그렇게 할 것이라고, 나는 생각한다

제발 부탁이에요, 엘리네가 말한다

나는 그녀가 왜 그렇게 간청하듯 말하는지 도무지 이해할 수 없다, 하지만 그녀가 이처럼 간절하게 부탁하니 나는 그녀의 말대로 할 수밖에 없다, 아마도 그녀는 순에서 벗어나고 싶었을 것이다, 거의 도망치듯 빠져나가고 싶었을 것이다, 가능한 한 빨리 떠나는 것만이 그녀의 유일한 생각이 아니었을까, 그건 이해할 수 있다, 그녀는 남편과 아이에게서 도망치고 있다, 아니 아이는 없다고 했던가, 그렇다면 그나마 다행이다, 당연한 일이다, 지금 이 배 위에 시끄럽게 울어대는 아기가 하나 또는 둘 있다면 어땠을까, 하지만 다행히도 오직 엘리네뿐, 사실 그것만으로도 충분하지 않은가,

아니 그런 생각은 하면 안 된다, 나는 지금껏 한결같이, 그녀만 바라보고, 아니 그녀에게 사로잡힌 채 살아온 내가 그래서는 안 된다, 엘리네야말로 내 인생의 유일한 여자였다고 해도 과언이 아니니까, 물론 현실에서 그랬다는 건 아니다, 단연코 아니다, 다만 내 마음속에는 언제나 그녀뿐, 다른 여자는 없었다, 어쩌면 그게 최선인지도 모른다, 그렇게 마음속으로만 간직하는 것 말이다, 그렇지 않다면 전혀 다른 일이 되어버린다, 지금처럼 그녀가 내 배 안에 있는 것처럼, 그렇게 생각하는 참에 엘리네는 출발하면 안 되느냐고 말하고 나는 왜 그녀가 그토록 서둘러 출발하고 싶어하는지 생각에 잠긴다, 피곤하지도 않은 걸까, 나만 피곤한 건가, 왜냐하면 나는 막 잠에 들려던 참이었기에, 지금 출항하는 것, 그건 정말이지 내키지 않았으니까, 물론 내 배는 흘수도 좋고, 나는 원래부터 지도와 해도에 관심이 많아서, 누구 못지않게 항로를 잘 읽을 수 있었다, 적어도 내가 자주 다니는 해역에 대해서는 말이다, 그리고 불빛과 등대를 따라 어둠 속을 항해하는 것, 그렇다 나는 그것도 할 수 있다, 얼마든지, 여러 번 해본 일이었다, 하지만 그렇다고 내가 어둠 속을 항해하는 것을 좋아한다고는 할 수 없다, 어슴푸레한 어둠 속도 마찬가지다, 젊을 때야 그렇게 하는 게 즐거웠을지 몰라도, 이젠 아니다, 게다가 나는 피곤하고 잠을 자고 싶다
　오늘밤에 나가야 해요, 엘리네가 말한다
　그래요, 내가 말한다
　꼭 그렇게 해야 돼요, 그녀가 말한다
　그리고 그녀의 목소리는 이제 거의 애원하는 듯했다
　그래요, 내가 말한다
　당장 출발하면 안 될까요, 그녀가 말한다
　나는 대답하지 않는다, 뭐가 그리 급하지, 나는 생각한다
　이건 아주 중요한 일이에요, 엘리네가 말한다
　그래요, 내가 말한다
　그이가 집에 올 수 있거든요, 네 언제든지요, 그녀가 말한다
　그이가요, 내가 말한다
　네, 그녀가 말한다
　그리고 침묵이 흐른다
　그이는 어부예요, 당신도 알다시피, 그녀가 말한다
　그래서 난 그이가 언제 집에 돌아올지 정확히 알 수가 없

어요, 그녀가 말한다

언제든 돌아올 수 있어요, 그녀가 말한다

그리고 그들은 종종 이곳에 정박하곤 해요, 그래요 바로 여기 당신이 있는 곳에요, 그녀가 말한다

특히 밤에 돌아올 때는 여기에 배를 대곤 해요, 그녀가 말한다

그렇군요, 내가 말한다

네, 엘리네가 말한다

그러니 지금 당장 떠나야 해요, 그녀가 말한다

그이 배에는 어부가 두 명 더 있어요, 그녀가 말한다

그리고 그 배 이름은 엘리노르예요, 그녀가 말한다

그이는 소형 어선을 하나 샀고 이젠 혼자서 고기잡이를 하겠대요, 내일 배를 넘겨받을 예정이라고 했어요, 그녀가 말한다

하지만 우리 형편에는 감당할 수 없죠, 그녀가 말한다

절대로, 그녀가 말한다

게다가 고기잡이에 필요한 어구들도 새로 사야 한단 말예요, 온갖 장비와 도구를 모두 사야 한다고요, 일이 절대 잘

풀릴 리가 없어요, 그녀가 말한다

우리는 식탁에 음식을 올리지도 못할 거예요, 그녀가 말한다

그런데도 그이는 자기 배가 꼭 있어야 한대요, 혼자서 고기잡이를 해야겠다는 거죠, 그녀가 말한다

내가 무슨 말을 해야 할지 몰라 주저하는 사이에도 엘리네는 계속해서 서둘러야 한다고 재촉한다, 그들이 언제든 올 수 있다고, 나는 더이상 생각하지 않고 열쇠를 돌려 시동을 걸고 배는 언제나 그렇듯 기분좋은 모터 소리와 함께 즉각 응답한다, 그렇다 정말 좋은 모터다, 지금껏 단 한 번도 문제를 일으킨 적이 없다, 단 한 번도, 이 배와 이 모터와 함께 나는 얼마나 많은 해를 함께했던가, 그렇다 꽤 오래되었다, 나는 그렇게 생각하고, 엘리네는 그의 어선이, 그리고 그가, 곶을 돌아 이쪽으로 올까봐 너무나 두렵다고 말한다, 희미한 어둠 속을 가리키는 그녀를 보며 나는 밤이 가장 어두워지는 때가 곧 오겠다고 생각한다, 아니면 지금이 가장 어두운 때인지도, 왜냐하면 이런 여름밤에는 칠흑 같은 어둠은 오지 않기 때문이다, 그래서 나는 굳이 여느 때와 다

른 방식으로 항해하지 않아도 되었다. 엄밀히 말해, 대낮처럼 항해해도 상관없었다. 생각하는 내게 엘리네는 계선줄을 풀어야 할지 묻고 나는 그녀에게 그냥 선실에 들어가 있으라고, 내가 직접 할 수 있다고 말한다. 그녀는 그 정도는 자기도 할 수 있다고 말하며 이미 부두 가장자리를 향해 가고 있다. 나는 그녀가 재바르고 야무지다고 생각한다. 그리고 내가 미처 눈치채기도 전에 선미 쪽 밧줄은 이미 풀려 있었다. 그녀는 그 밧줄을 갑판에 툭 던지더니, 갑판 위로 돌아와 내 앞에서 두 다리를 넓게 벌리고 서서 밧줄을 감아올린다. 나는 엘리네가 바닷일에 능숙하고 손도 빠르다고 생각한다. 그러는 동안 배는 이미 부두에서 멀어지고 있었다. 이제 나는 엘리네가 조타실 안으로 안전하게 들어올 때까지 기다렸다가 뱃머리를 북쪽으로 돌리면 될 것이다. 왜냐하면 엘리네는 분명히 잊지 않고 선박용 펜더들까지 걷어올릴 테니까. 나는 내 배 엘리네 뒤로 서서히 멀어지는 부두를 보고 있고 엘리네는 배를 묶어둔 고물 쪽 계선줄을 감아올린 후 선수 쪽으로 걸어가 펜더들을 풀어 손에 챙겨들고 다시 뱃전 난간을 따라 걸어온다. 예상했던 대로 엘리네는 펜더들을 챙겨 배에 올랐다, 그래 그녀는 배를 타본 적이 있다, 나는 생각한다, 그녀는 뱃일에 아주 능숙한 여자다, 속도를 내자 사랑하는 나의 배 엘리네는 잔잔한 바다 위로 천천히 미끄러져 나아가고 나는 타륜 앞에 서서 조타석에 앉는 건 잠시 미루자고, 나는 무슨 이유에선지 그냥 좀 기다리고 싶다고 생각하고 곧 엘리네가 선미 쪽 펜더들도 거두어 올리고 있으리라 짐작한다, 그리고 나는 다시 나의 배 엘리네가 고요하고 평화롭게 해안선을 따라 미끄러지듯 항해할 때마다 얼마나 많은 시간을 그 자리에 앉아 있었는지를 생각한다, 뒤를 돌아보니 가만히 서서 멀어져가는 육지를 바라보는 엘리네가 눈에 들어오고 나는 그녀가 거기 서서 뒤를 돌아보고 있다고, 자신이 살아왔던 삶을, 자신이 살아왔던 집을 바라보고 있다고 생각한다, 그녀는 거기서 오랫동안 살았으니까, 몇 년이나 될까, 글쎄 그건 알 수 없지만, 어쨌든 오랜 시간이었음은 분명하다, 왜냐하면 그녀가 바임을 떠날 때는 소녀에 불과했으니까, 그때 나는 그토록, 그래 뭐라고 해야 할까, 나는 그토록—아니 사랑에 빠졌다는 표현은 옳지 않다, 그건 나 같은 사람이 쓸 수 있는 말이 아닌 것 같다, 어쨌든, 그렇다 내 마음이 그녀에게 향해 있었던 건 사실이다, 그래 이 정도는 말할 수 있을 것이다, 이 정도는 인정할 수 있다, 그렇게 생각하며 다시 몸을 돌려 보니 엘리네는 여전히 그 자리에 서서 육지와 분명 자신이 수년 동안 살았던 집을 바라보고 있다, 다시 볼 일이 없을지도 모르는 그 집을, 그녀가 아무리 떠나고 싶어했다 한들 그 집을 이렇게 떠나는 건 분명 슬프고 기묘한 느낌일 것이다, 이처럼 도망치듯 떠나는 건, 그런데 저기, 저기 곶 너머에, 어선 한 척이 우리를 향해 똑바로 다가오고 있다, 어선은 우리 쪽으로 빠르게 다가오고 내가 키를 우현 쪽으로 세게 꺾는 순간 엘리네가 말한다, 조타실 안으로 뛰쳐들어오며, 정말 아슬아슬했다고, 자기가 급히 출항하도록 재촉하지 않았더라면 우리는 정말 큰일날 뻔했다고, 그리고 이제 자기는 몸을 숨겨야 한다고, 그녀가 선실로 향하는 문 앞에 서서 말한다, 어선 엘리노르에 타고 있는 사람들 눈에 띄지 않아야 한다고, 왜냐하면 바로 거기, 그 배 안에, 자기 남편이, 그렇다 자기 남편이 타고 있기 때문이라고, 그녀가 선실 문 앞에 서서 나를 바라보며 말한다

그이에게 들키면 안 돼요, 그 배에 탄 누구의 눈에도 띄면 안 된다고요, 그녀가 말한다

내가 아무 말도 하지 않자 그녀가 다시 말한다, 저 어선, 엘리노르가 이제 곧 정박할 테니 지금쯤 세 명 모두 조타실 안에 있을 거라고, 조타실 앞에 엘리노르라는 글자가 큼직하게 새겨진 그 배가 점점 가까이 다가오고 나는 조타실 유리창 너머로 밖을 내다보는 세 사람의 머리를 본다

셋이 서서 밖을 내다보고 있군요, 내가 말한다

그리고 엘리네는 아무 말도 하지 않는다

이제 곧 서로 지나칠 거예요, 내가 말한다

문득 엘리네가 더이상 선실 문 앞에 서 있지 않다는 것을 알아챈 나는 아마도 그녀가 선실 안 벤치에 앉아 있을 것이라고, 생각한다, 바로 그때 내 배는 그 어선을 불과 몇 미터 거리로 지나쳤고 내가 손을 들어 인사를 건네자 엘리노르호에서 타륜을 잡고 서 있던 남자도 내게 손을 흔들어 인사한다, 바다 위의 예법대로, 심지어 그는 선장 모자를 살짝 들어올리며 인사를 건네고 나는 그 어선이 일으키는 물결이 내 뱃전을 후려치는 것을 피하기 위해 배를 우현 쪽으로 세

게 꺾는다, 어선의 속도도 꽤 빠르고 저 정도 크기의 어선이 이만한 물결을 일으킬 수 있다는 게 믿기지 않을 정도라고, 나는 생각한다, 그리고 이제 엘리네의 뱃머리가 그 물살을 가르며 나아간다, 아니 내 배에 엘리네라는 이름을 붙이다니 내가 정신이 나갔던 게 틀림없다, 게다가 그 이름이 조타실 양옆으로 크게 쓰여 있으니 엘리노르에 타고 있던 사람들도 그 이름을 봤을 것이다, 아니 이건 정말 민망한 일이라고, 얼굴이 붉어질 정도로 부끄러운 일이라고, 나는 생각한다, 도대체 나는 무슨 생각으로 그랬던 것일까, 게다가 내가 이 배를 살 때는 엘리네가 바임을 떠나기 전이었다, 그러니까 그때, 그 무렵에는, 글쎄, 내가 이 배에 엘리네라는 이름을 붙였을 때는 내 정신이 맑지 않았을 것이다, 그리고 엘리네가 언젠가 자신의 이름이 적힌 이 배를 직접 보게 될 거라고는, 그런 생각은 한 번도 해본 적이 없었는데 지금 그녀는 그 배를 보고 있을 뿐 아니라, 심지어 그 배에 타고 있다, 아니 이건 정말이지, 생각에 잠겨 있던 나는 이제 그 어선이 부두에 이르렀을 것이라고 말하는 엘리네의 목소리에 몸을 돌리고 서서히 후진하며 부두 쪽으로 들어가는 어선을 본다, 보아하니 그 배는 조금 전 엘리네가 정박해 있던 바로 그 자리에 자리를 잡으려는 것 같다, 그러니까 엘리네가 내게 얼른 부두를 떠나자고 재촉했던 건 정말 잘한 일이라고, 내가 생각하는 순간 자기가 이런 생각을 한 게 얼마나 잘한 일인지 모르겠다고 말하는 엘리네의 목소리가 들린다, 그러니까 그녀는 이렇게 순에서 그리고 사르토르에서 빠져나오는 데 그저 짐을 싸서 내 나무배에 올라타기만 하면 되었다, 하지만 실제로는 그렇게 시간이 많지 않았다고, 그녀는 말한다, 엘리노르호가 곧 돌아올 것 같다는 예감이 들었고, 그녀는 서둘러 짐을 쌌다, 그래서 많은 것들을 챙기진 못했다, 꼭 필요한 것들, 그리고 자신이 가장 아끼는 것들, 이를테면 바임에 있던 그들의 집 앞에서 찍은 그녀의 부모님 사진 한 장, 그녀가 자랐던 바로 그 집 앞에서, 행복한 어린 시절을 보냈던 바로 그 집 앞에서 말이다, 다만 참으로 딱한 건 그 어린 여자아이가 어찌나 어리석었는지 자기한테 뭐가 좋은지도 모르고 그저 가능한 한 빨리 집을 훌쩍 떠나버렸다는 것, 그렇게 떠나서는 결국 대대로 재산을 물려받은 비에르그빈의 한 부잣집에서 식모살이를 하느라 고생만 했다는 것이다, 그래서 프랑크가 만난 지 사흘째 되는 날 저녁 그녀한테 청혼했을 때 너무나 기뻐 어쩔 줄 몰랐고, 수락해버렸다고, 그리하여 그녀는 그가 사는 사르토르의 집, 쉰에 있는 바로 그 집에서 살게 된 것이라고, 그가 자기 부모에게서 물려받은 그 집에서, 그의 부모는 그가, 그러니까 프랑크가 태어났을 때 이미 나이가 꽤 들어 있었다고, 그리고 그들, 그러니까 그의 부모는 이미 오래전에 세상을 떠나 유년기의 그 집에서는 수년간 그 혼자 살고 있었고, 그 집은 실제로도 변한 게 하나도 없었다고, 정리나 청소를 제대로 한 적이 없었기 때문이라고, 그의 어머니가 세상을 떠난 뒤로는 한 번도 청소를 한 적이 없는 것 같았는데, 그것도 이미 여러 해 전의 일이었다고, 부모가 세상을 떠난 이후, 그 집에 드나든 사람은 거의 없었다고, 그의 아버지가 먼저 세상을 떠났고, 두어 해 뒤에 어머니가 떠났는데, 하지만 그것도 이젠 까마득하게 오래전 일이라고, 그는 여자를 얻기 전까지 오랜 세월을 혼자 살았다고, 흔히들 말하듯, 여자를 얻었다고, 그녀는 되풀이해서 말하며 한숨을 쉰다, 그렇다 그는 여자를 얻었다, 하지만 이제 그에게는 여자가 없다, 그가 돌아와 그녀가 집안 어디에도 없다는 것을 알아차렸을 때의 그 표정을 볼 수 있다면 좋을 텐데, 그는 먼저 침실을 들여다본다, 그리고 그는 그녀의 이름을 부른다, 그가 엘리네를 외쳐 부른다, 그러고는 집안 구석구석을 돌아다니며 그녀를 찾지만, 그녀는 어디에도 보이지 않는다, 마침내 그는 부엌 식탁 위에서 이제 그만하고 싶다고 적힌 그녀의 편지를 발견한다, 그녀는 이미 떠난 것이다, 어디론가, 그녀는 여행가방 하나에 챙긴 것 말고는 더 가져갈 것도 없으니, 집안에 있는 것은 모두 그가 가지라고, 그의 것과 그녀의 것, 집안에 있는 건 모두 가지라고, 아무래도 좋다고, 그리고 또 이렇게 적었다고, 그녀가 말했다, 지금까지 함께해줘서 고맙다고, 지난 일은 어쩔 수 없다고, 하지만 이제 끝낼 시간이 되었다고, 그렇다 그녀는 함께해줘서 고맙다고 썼고 무언가로 그를 탓하거나 화내지도 않았다, 그렇다고 그 반대도 아니었다, 그녀는 자기가 어디로 가는지에 대해서는 한마디도 쓰지 않았다, 그렇지만 그가 그렇게 어리석진 않아서 아마 쉽게 짐작할 거라고, 그녀가 자주 바임에 대해 이야기했고 또 바임에 돌아가고 싶다고 했으니까, 자신이 향수병을 앓았던 것 같다고, 그녀는 말했고, 그리고 그는, 그러니까 프랑크는, 언제나 그런 그녀를 이해할 수 있다고 말했단다, 그 자신도 순을 떠나 있던 몇 년간, 그러니까 그가 군복무중이었을 때, 자주 집을 그리워했노라고, 이 세상에서 순, 그리고 사르토르 전체, 심지어 비에르그빈까지, 그보다 더 그리워한 곳은 없었다고 말했다, 핀마르크에서 군복무를 하던 그해에 말이다, 그가 바로 이 모든 곳의 한가운데에, 매일같이 있을 때는, 보지 못했던 것 같다며, 순이 얼마나 아름다운지, 또는 사르토르 전체가, 또는 비에르그빈조차도 얼마나 아름다운지, 그는 핀마르크에서 본 그 어떤 것도 사르토르에서 볼 수 있는 것과는 견줄 수 없었고, 특히 사르토르에서 바다를 보는 것, 바다 너머로 저무는 해를 보고, 또 그 바다에서 떠오르는 해를 보는 것과는 견줄 수 없다고 했다, 그렇다 그는 그런 말들을 했다, 하지만 그녀가 또다시 자신의 집이 그립다고 말하면 그는 더이상 아무 말도 하지 않았다, 언젠가 같이 바임으로 한번 가자는 말 한마디도 하지 않았다, 심지어 잠깐 다녀오자는 말조차도, 절대 하지 않았다, 그에게는 마치 바임은 존재하지 않는 곳, 이 세상 어디에도 바임이라 불리는 곳은 없는 듯, 그저 꿈속에만 존재하는 곳 같았다. 하지만 그녀와 그, 그러니까 그녀와 야트게이르는 바임이 분명 실재한다는 걸 알고 있었다. 둘 다 바임에서 자랐으니까. 그러니 두 사람에게 바임이란 고장은 세상에 존재하는 가장 현실적인 곳 중 하나였다. 심지어 무엇이 현실이고 무엇이 꿈인지 헷갈리는 지금 이 순간, 현실이라 믿기 어려운 그녀의 모습을 보고 있는 지금 이 순간에조차 말이다. 그렇다 나는 도무지 이해할 수가 없었다, 믿을 수가 없었다, 그녀, 엘리네가, 지금 이 순간 선실 문 앞에 서서 내게 말을 걸고 있다는 것을. 그렇다 그렇게 마치 아무 일도 일어나지 않았다는 듯 수다를 떠는 동안 우리는 순으로부터, 사르토르로부터, 그녀의 옛 삶으로부터 떠나고 있었다. 혹은 그녀의 중간 즈음의 삶, 그렇게 불러야 하지 않을까. 그녀가 말했다, 어쨌든 지금은 바임에서의 새 삶을 향해 항해하고 있다고, 어린 시절의 바임 그리고 지금은 성숙한 여인이 된 그녀가 머물 바임을 향해. 그녀는 말하며 저기 보이는 것이 비외르그빈이라고 가리켰고 나는 이미 한참 전부터 우리 등뒤로 멀어져가는 비에르그빈을 보고 있었다. 그리고 저기 우리 등뒤에, 피오르 건너편에, 사르토르가 있었고 그리고 한참 뒤에 이젠 더 멀어진 순이 있었다. 하지만 이 여름밤의 어둑한 빛 속에서는 아무것도 제대로 볼 수 없었다. 기껏해야 어렴풋한 윤곽뿐, 그래도 비에르그빈과 순과 사르토르 전체를 뒤로할 수 있어서 다행이었다. 왜냐하면 그날은 내게 일진이 좋은 날이 아니었으니까. 나는 비에르그빈과 순에서 철저히 사기를 당했다. 사기 말고는 달리 표현할 길이 없었다. 나는 단지 헐거워진 단추 몇 개를 다시 달 바늘 한 개와 검은 실 한 타래를 사려 했을 뿐이었다. 바늘과 실이 그렇게 비싸진 않을 거라고, 나는 생각했었다. 하지만 바임 상점에서는 그런 걸 팔지 않을 것 같아서 다른 데서 사기로 했던 것이다. 그런데 순의 콜로니알렌 식료품점에서 그것들을 팔고 있었다. 생각지도 못했던 일이었다. 만약 거기서 팔고 있다면 바임 상점에서도 팔 가능성이 높았다. 하지만 내가 알 길이 없는 것이, 나는 단 한 번도 그곳에서 바늘과 실을 파는지 물어본 적이 없었다. 당연히 그런 건 팔지 않는다고 생각했다. 어쩌면 바임 상점에는 바늘과 실을 아주 싼값에 팔고 있었을지도 모른다. 아니 나는 왜 진작 그 생각을 못했을까, 만약 정말 거기에 바늘과 실이 있었다면 너무나 억울한 일이 아닌가, 그러니 나는 앞으로는 절대 바임 상점에서 바늘과 실이 있는지 묻지 않을 것이다, 라고 나는 생각하고 엘리네는 내가 깊은 생각에 빠져 있는 것 같다고 말했고 나는 과연 오늘 내가 겪었던 일을 엘리네에게 털어놓을 수 있을지, 아니 어쩌면 정확히는 어제였을지도 모르지만, 두 번이나 속았던 경험을, 그러니까 헐렁해진 단추를 다시 달아야 해서 바늘과 실을 사려다 두 번이나 돈을 뜯기고 만 일을, 아니 그 일은 더이상 생각하지 않을 것이다, 이제 그만해야겠다고, 나는 생각했다

  무슨 생각을 하고 있나요, 엘리네가 묻는다

  아무것도 아니에요, 내가 말한다

  그렇군요, 그녀가 말한다

  그리고 침묵이 흐른다

  혹시 말하기 싫은 건가요, 그녀가 말한다

  너무 궁금해요, 그녀가 말한다

  제발 말해줘요, 그녀가 말한다

  그리고 그녀는 내 옆구리를 살며시 쿡 찌른다

바늘과 실에 대해 생각하고 있었어요, 내가 말한다

바늘과 실이라니요, 그녀가 말한다

그녀는 막 웃음을 터뜨리려는 것처럼 보인다

실 색깔은 뭔가요, 그녀가 말한다

검은색이에요, 내가 말한다

바늘은, 큰 건가요 작은 건가요, 그러니까 짧은 건가요 긴 건가요, 그녀가 말한다

중간쯤, 내가 말한다

단추를 달려고 했나요, 그녀가 말한다

네, 내가 말한다

오늘 샀나요, 그녀가 말한다

네, 내가 말한다

나는 그 이상 말하고 싶지 않다고 생각한다, 내가 누군가에게 철저히 속았다는 사실은 나 자신과 나를 속였던 사람들만 알아도 충분하다고, 물론 나를 속였던 사람들은 나를 비웃으며 다른 이들에게 자랑스럽게 떠벌리겠지

단추를 달려고 했나요, 그녀가 말한다

네, 내가 말한다

있잖아요, 그녀가 말한다

있잖아요, 나는 바늘과 실이 언젠가 필요할지도 모른다고 생각해서 바늘 여러 개와 실타래 여러 개를 색깔별로 챙겨 왔어요, 단추를 달 때 쓰려고요, 그녀가 말한다

아, 내가 말한다

좀 이상하지 않나요, 그녀가 말한다

그렇네요, 내가 말한다

그리고 침묵이 흐른다

그 단추 내가 다시 달아줄게요, 그녀가 말한다

그 순간 나는 움찔한다, 그 말은 그녀가 나와 함께 집으로 가겠다는 뜻이니까, 그녀는 도대체 무슨 생각을 하고 있던 걸까, 나는 생각한다, 이왕 일은 이렇게 되어버렸으니, 달리 무슨 말이 더 필요할까, 그녀는 내가 원하든 원하지 않든 나와 함께 살 것이었다, 내게 괜찮은지 묻지도 않을 것이었다, 그녀는 그저 내 배로, 내 나무배 엘리네로 왔다, 전혀 예기치 못하게 찾아왔고 나는 그녀가 내 집에 머무르게 하는 것 말고는 선택의 여지가 없었다, 그녀를 바임 상점 아래 부둣가에 그냥 내려놓고 갈 순 없어, 나는 생각한다, 아니 도대

체 내가 지금 무슨 생각을 하고 있는 걸까, 어떻게 그런 생각을 할 수 있을까, 나는 생각하고 엘리네는 오늘밤 안에 바임에 도착할 수 있을지 묻는다, 당장 집에 가고 싶다고, 그녀가 말한다, 나는 그럴 수 있을 거라고 말한다, 그렇게 멀지도 않은데다, 이 항로는 내가 수도 없이 다녔던 길이니 이른아침 무렵이면 도착할 수 있을 거라고, 나는 말한다

아 너무 좋을 거예요, 그녀가 말한다

마침내 집에 간다니, 그녀가 말한다

마침내 바임으로 간다니, 그녀가 말한다

긴 침묵이 흐른 후 엘리네는 그 바늘과 검은 실이 어디 있느냐고 묻고 나는 재킷 주머니를 더듬어 바늘 두 개를 찾아낸다, 바늘 하나는 쓰고 남은 실타래에 꽂혀 있고, 다른 하나는 실타래와 함께 봉지 안에 있다, 나는 그것을 꺼내 엘리네에게 건네고 그녀는 내게 바늘과 실타래를 두 개씩이나 샀느냐고 묻고 나는 언젠가는 쓸모가 있을 것이라고 말한다

하지만 이 실타래에는 남아 있는 실이 거의 없잖아요, 그녀가 말한다

그러게요, 내가 말한다

II

근데 저기, 문 두드리는 소리 아닌가, 그래 틀림없어, 또 저기, 다시 문 두드리는 소리가 나, 나는 누가 내 집 문을 두드린 게 언제였는지도 기억나지 않아, 유일하게 문을 두드리던 사람은 야트게이르였지만, 그의 집에 그 여자가 들어오고 나서는 그것도 끝났고 모든 게 바뀌었어, 그러니 야트게이르가 내 문을 두드린 것도 벌써 수년 전 일이야, 그래도 야트게이르일지 모르지, 그렇다면 문을 열어줘야겠지, 하지만 설거지거리가 산더미처럼 쌓여 있잖아, 그릇들이 며칠째 거기 있어, 내가 그릇을 그렇게 많이 쓰는 것도 아닌데, 아무튼, 어쩌면 곰팡이가 피었을지도 몰라, 내가 환기를 했던가, 아니 언제 환기했는지 기억도 안 나, 그래 집안에서 퀴퀴한 냄새가 날 거야, 적어도 퀴퀴한 냄새가, 내 몸 냄새도 날 거야, 집안은 온통 어질러져 있고, 복도도, 부엌도, 거실도, 책들은 사방에 널려 있지, 책과 잡지들이 마구잡이로 쌓여 있어, 그리고 누군가가 이 집안으로 들어오겠다고 문을 두드리고 있어, 이 더러운 곳에, 이 지저분한 집에 들어오겠다고, 아니 누가 문을 두드릴 걸 미리 알았다면 좋았을 텐데, 하지만 그런 일이 일어날 거라곤 생각조차 못했어, 야트게이르도 더이상 오지 않으니까, 그가 마지막으로 내게 들른 건 아주 오래전 일이야, 다시 문을 두드리는 소리가 나, 아니 정말 믿을 수가 없군, 이번에는 조금 전보다 더 세게 두드린 것 같은데? 어쩌면 더 세게 두드렸을지도 모르지, 아니면 그저 내가 더 신경쓰고 있어서 더 세게 두드린 것처럼 들렸을지도 몰라, 그래 그럴 거야, 그런데 다시 문 두드리는 소리가 들려, 그러니까 지금 두드리고 있잖아, 그렇지? 그래 맞아, 이번에는 좀 약하게 두드린 것 같은데, 거의 들리지 않을 정도로, 문을 다시 두드린 것일 수도 있고, 두드리지 않은 걸 수도 있어, 어쨌든 가서 문을 열어봐야겠어, 야트게이르일 수도 있으니까, 그가 문득 내 생각이 나서 찾아왔을 수도 있잖아, 아니면 다른 누구일 수도 있고, 사람이 남의 집 문을 두드릴 이유는 많으니까, 어쩌면 내게 중요한 소식을 전하러 온 사람일지도, 혹시 부고일까, 가까운 사람들 중에 죽을 만한 사람이 누가 있지, 아니 모르겠는데, 어쨌든 무언가, 그래 무언가 중요한 일일 수도 있어, 나는 전화도 없으니까, 설마 부고가 편지로 온 건 아닐까, 아니 무슨 일일지 전혀 모르겠어, 그런데 이젠 문 두드리는 소리가 나지 않네, 내가 문을 열어주지 않아서 문 두드리던 사람이 포기한 건가, 집안에 불은 켜져 있는데 반응이 없으니 문을 열기 싫어서 안 여는 거라고 생각한 건가, 하지만 저기, 다시 문 두드리는 소리가 나, 문을 열어줘야지, 꼭 그 사람을 안으로 들일 필요는 없겠지, 야트게이르라면 모를까, 그래 그의 이름은 참 이상해, 야트게이르, 하지만 그건 별칭이지, 예전에 그의 배를 함께 타고 비에르그빈에 갔을 때 그는 자기 이름이 게이르라고 했어, 그 이름으로 유아세례를 받았다고, 하지만 사람들이 어릴 때부터 그를 야트게이르라고 불렀다고, 왜 그랬는지는 나도 모르겠어, 어쩌면 그가 어릴 때 늘 예(야ja)라고 대답했기 때문인지도 몰라, 꽤 그럴듯한 설명이야, 하지만 진짜 이유를 아는 사람은 아무도 없어, 어쨌든 문을 두드린 사람이 야트게이르라면, 안으로 들어오라고 할 거야, 하지만 야트게이르일 때만 그래야지, 야트게이르가 아니라면, 그냥 문 앞에서 이야기해도 돼, 그래도 될 거야, 그래 왜 그 생각을 못했을까, 나는 그냥 문을 열고 문 앞에 서서 문 두드린 사람과 이야기하면 되는데, 그래 당연히 그래도 되지, 다시 문 두드리는 소리가 나, 이번에는 세지도 약하지도 않아, 딱 한 번 똑똑, 살짝 두드리는 소리였어, 더도 덜도 아니고 그 정도로, 그런데 이젠 문을 열어야 해, 더이상 머뭇거리거나 생각할 필요가 없어, 그래 현관으로 나가 문으로 가자, 곧장 가는 거야 지금 당장, 곧장, 그래 그렇게, 나는 생각한다, 나는 거실 문을 열고 현관으로 향하는데 그 순간 다시 문 두드리는 소리가 난다, 하지만 이번엔 거의 들리지 않는다, 조금 전엔 또렷하게 들렸는데 이상한 일이다, 세지도 약하지도 않은, 단지 두드림일 뿐, 문을 똑똑 두드리는 소리, 딱 그 정도, 어쨌든 나는 문을 열 거야, 더이상 지체하거나 망설이지 않고, 현관으로 나가서 문을 열 거야, 지금 당장, 바로 지금, 그래 머뭇거리거나 생각할 필요 없이, 그래, 현관 쪽으로 가서 문으로, 곧장 가는 거야 지금 당장, 곧장, 그래 그렇게, 나는 생각한다, 내가 문으로 다가가는데 다시 문 두드리는 소리가 난다, 이번엔 거의 들리지 않을 정도로, 조금 전엔 또렷하게 들렸는데 이상한 일이야, 하지만 어쨌거나 이제는 문을 열어야 해, 별일 아니야, 누군가 내 문을 두드린 게 너무나 오랜만인 거지, 그리고 지금—다시 문 두드리는 소리가 나, 전보다 세졌나? 아닌가? 하지만 저기, 문 두드리는 소리가 났어, 이제 나는 문을 연다, 나는 평소에 문을 잠그지 않으니 그냥 열면 된다, 나는 문손잡이를 아래로 내려 문을 열고 밖을 내다본다, 나는 거기에 누가 서 있을 거라고 생각했는지 모르겠다, 전혀 모르겠다, 하지만 거기엔 아무도 없다, 아니 이런 상황은 전혀 생각지 못했다, 거기에 아무도 없으리라고는, 도대체 문을 두드린 사람은 어디로 간 걸까, 아무도 보이지 않았다, 아니 이건 으스스한데, 하지만 문을 두드린 사람이 그렇게 순식간에 사라질 리는 없을 텐데, 그렇게 빠르게는, 아니 말도 안 돼, 누군가 다시 문을 두드렸고 나는 마지막 두드리는 소리 직후에 문을 열었어, 그리고 누가 됐든 문을 두드린 사람이 그냥 사라질 순 없어, 믿을 수가 없어, 그럴 순 없다고, 사람들은 그런 짓을 하지 않아, 적어도 바임 사람들은, 세상에 밖이 어쩜 이렇게 어두울까, 아직 이른 시각인데도 사방이 이렇게 까맣게 어두워지다니, 이제 겨우 오후 네시나 됐을 텐데 이렇게 어두워서야 아무것도 보이지 않아, 하긴 이맘때면 그렇지, 크리스마스 직전이니까, 하지만 누가 보이지 않더라도 물어볼 수는 있으니

거기 누구 있나요? 나는 말한다

아무 소리도 들리지 않는다, 그래서 나는 다시 물어봐야겠다고 생각한다

거기 누구 있나요? 나는 말한다

대답을 기대한 것은 아니지만, 역시 아무런 대답도 들을 수 없다, 하지만 방금 문을 두드린 사람은 어디로 간 걸까, 어딘가에는 분명히 있을 텐데, 그렇지 않고서는 말이 안 돼, 공기가 문을 두드릴 수는 없지 않은가, 아니 가능할지도 몰라, 그래, 바람이 문을 흔들 수도 있어, 그럴 수 있지, 하지

만 나는 문 두드리는 소리를 똑똑히 들었어, 세게 오랫동안, 그러고는 조용해졌다가, 다시 문 두드리는 소리가 났어, 이번엔 조심스럽게, 아니 뭔지 밝혀내야 해, 나는 나막신을 신고 마당으로 나가서 집 모퉁이까지 걸어간다, 아무도 보이지 않는다, 혹시 누가 장난을 치는 걸까, 하지만 누가 그러겠어, 동네 아이들일까, 하지만 이 근처에는 아이들이 없어, 바임에 사는 아이들 수는 해마다 점점 줄어들었는데, 이젠 정말 으스스해, 어쩌면 유령이었나, 그래 그럴지도 모르지, 모든 정황이 문을 두드린 건 유령이라고 말하잖아, 그리고 나는 유령이 존재한다는 걸 한 번도 의심한 적이 없어, 비록 오늘 이전에 뭔가를 보고 들은 적은 없었다 해도, 하지만 아니야, 유령이었을 리가 없어, 틀림없이 사람이었을 거야, 동물이 그런 식으로 문을 두드릴 순 없으니까, 그건 아니야, 바람일 리도 없어, 지금은 바람 한 점 없으니까, 그렇다면—그래 그건 무엇이었을까, 분명히 사람이었을 거야, 하지만 사람이라곤 어디에도 보이지 않아, 그런데 눈이 새로 내렸잖아, 그렇다면 눈 위에 발자국이 남아 있을지도 모르지, 집에 들어가 손전등을 챙겨와서 집을 한 바퀴 돌며 발자국이 있는지 살펴보면 돼, 물론 마당길도 보고, 큰길로 이어지는 오솔길도 살펴봐야겠지, 그리고, 그래 옷을 따뜻하게 입어야겠어, 더 추워졌으니까, 지난번에 마지막으로 나왔을 때보다 훨씬 더 추워, 그런데 그게 언제였더라, 나는 생각한다, 나는 집안으로 들어가 크고 헐렁한 재킷을 꺼내 입고 모자를 귀까지 푹 눌러쓴다, 그리고 현관에 걸려 있던 손전등을 챙기고는 바로 밖으로 나서 집 주위를 돌며 손전등의 불빛을 내 앞쪽 옆쪽 다 비춰가며 살핀다, 하지만 어떤 발자국도 보이지 않는다, 앞쪽에도 양옆에도, 그리고 길 위에도 보이지 않는다, 누군가가 문을 두드린 다음에 눈이 내렸을 리도 없다, 당연히 그럴 리가 없다, 게다가 바람 한 점 없으니, 바람결에 눈이 날려 발자국이 덮였을 리도 없다, 도무지 이해할 수가 없어, 문을 두드린 사람이 말 그대로 허공으로 사라져버린 걸까, 이상해, 이해할 수가 없어, 추워서 집에 다시 들어가는 게 좋겠어, 두드리는 그 소리가 뭐든 간에, 아마도 누군가 문을 두드렸다는 건 내 착각일 거야, 나는 생각한다, 나는 문을 향해 걸어가 발을 땅에 굴러 신발에 묻은 눈을 털어낸다, 그러다가 손전등을 꺼야겠다고 생각한다,

집에서 나오는 불빛이 환한데 굳이 손전등을 켜둘 필요는 없지 않은가, 나는 생각한다, 나는 손전등을 끄고, 신발에 묻은 눈을 털어낸 후, 현관으로 들어가서, 신발을 벗고, 재 킷과 모자를 벗은 다음, 문을 닫는다, 하지만 정말 이상해, 나는 생각한다, 틀림없이 내가 잘못 들었을 거야, 아무 소리도 안 났는데 들었다고, 누군가 문을 두드렸다고 착각한 거지, 그래 아마도 너무 외로운 나머지 누군가가 찾아와서 문을 두드린다고 상상한 건지도 몰라, 그래 그럴 수 있지, 다른 설명은 떠오르지가 않아, 하지만 저기, 다시 문 두드리는 소리가 나, 그리고 이 소리는, 이 소리는 절대 내가 상상하고 있는 게 아니야, 문을 두드리고 있어, 다시 문 두드리는 소리가 난다고, 그래, 그냥 두드리는 게 아니야, 거의 망치질하듯이, 그래, 쾅쾅 부서져라 두드리고 있어, 거의 천둥소리 같아, 아니 천둥소리라고까진 할 수 없지만, 거의, 그래 거의 천둥소리 같아, 거의 그렇다는 거야, 그리고 저기, 다시 문 두드리는 소리가 나, 이번에는 그만큼 세게는 아니고, 아니 이 소리는, 이 소리는 내 상상이 아니야, 이건 내가 똑똑히 듣고 있는 어떤 소리야, 의심의 여지가 없어, 그렇다면 문을 다시 열어봐야 할까, 방금 전에 아무도 보이지 않았는데도 그래야 할까, 그래 다시 열어봐야겠지, 나는 생각한다, 그리고 문을 향해 발을 옮기자 다시 천천히 문 두드리는 소리가 난다, 갑자기, 나는 문을 홱 열어젖히며 날 선 목소리로 고함을 친다

도대체 누구요?

그리고 나는 내 목소리에 놀라, 튀어오르듯 마당으로 나간다, 튀어나가는 순간에 나는 마치 부드러운 벽을, 아니 뭐라 말해야 할까, 뜨겁지도 차갑지도 않은 어떤 벽을 뚫고 나가는 듯한 느낌에 사로잡힌다, 그리고 나는 마당에 서 있었다, 홀로 덩그러니, 나는 사방을 둘러보았다, 위와 아래도 살펴보았다, 하지만 아무도, 아무것도 보이지 않았다, 아니다 이건, 나는 생각했다, 이건 절대 누구에게도 말하면 안 돼, 야트게이르에게도 안 돼, 사람들은 틀림없이 내가 미쳤다고 생각할 테니까, 내가 정말로 들었다고 믿을 만한 이유가 없잖아, 그래 나는 환청을 듣는 미친 사람처럼, 비에르그빈 정신병원으로 보내지는 그런 사람처럼 보이겠지, 그러니 이 일에 대해서는 누구에게도 말하지 않겠어, 단 한 마디

도, 그런데 그건 도대체 무엇이었을까, 더 정확히는, 누구였을까, 아니 그건 도무지 이해할 수 없는 일, 흔히들 말하듯, 설명 불가능한 일이야, 그야말로 으스스해, 그래 너무 섬뜩해서 거실로 들어가는 것조차 내키지 않아, 하지만 거실로 가야겠어, 잠시 소파에 누워 쉬어야 해, 나는 생각한다, 나는 거실로 가 담요를 덮고 소파에 누워서 누군가와 이야기를 나누고 싶다는 생각을 한다, 하지만 나는 연락하는 사람이 별로 없지, 가까운 친척들과는 가끔 연락하며 지냈지만, 그마저도 최근 몇 년 사이 뜸해졌어, 부모님이 돌아가신 이후로 그랬지, 누이 둘과는 원래 그렇게 잘 어울리지 않았고, 솔직히 말하자면 그렇지, 그리고 그 둘은 좋은 사람들과 결혼해서 각기 다른 지방, 그들의 남편이 살던 곳들로 옮겨갔고, 지금까지 그곳에서 살고 있어, 아이들도 있어, 하나는 딸을 둘 낳았고, 다른 하나는 아들 하나를 낳았지, 그리고 그 아이들, 그래 나를 삼촌이라 부르는 그 아이들은, 이제 모두 어른이 됐어, 잘 컸지, 아니 거의 어른이 다 되었던가, 나는 누이들과 교류를 거의 안 해서, 내 조카인 아이들과도 전혀 연락하지 않아, 사실대로 말하자면 나는 그 아이들 이름조차 확실히 기억 못하겠어, 그래 그중 하나는 카렌 엘리세였어, 어쩌면 카렌-엘리세라고 붙여썼던가, 아니 어쩌면 마르테 엘리세였나, 그리고 다른 하나는 구드룬 안나 아니면 안나 구드룬이었는데, 안나와 구드룬 또는 구드룬과 안나 사이에 하이픈이 들어가진 않을 거야, 그래 그건 아니야, 하지만 확신할 수가 없어, 누가 어떤 이름인지, 끝내 익히지 못했으니까, 다른 누이에겐 아들이 하나 있고, 그애의 이름은 올라브야, 아버지 이름을, 그러니까 내 아버지이자 내 누이들의 아버지 이름을 따온 거라 기억하기가 쉬웠어, 하지만 아버지의 누이들, 그러니까 나의 고모들, 그분들 이름은 더 어려웠어, 이름이 어렵진 않았지, 각각 구드룬과 올라우라는 이름이었는데, 좋은 이름이지, 내가 알기론 아버지의 부모 이름을 딴 거였어, 그래 할머니 이름이 올라우였고 할아버지 이름은 구드문이었어, 그랬지, 내 기억이 틀리지 않는다면, 하지만 내가 아무리 그래도 할머니 할아버지 이름을 헷갈리진 않지, 그래도 고모들 중 누가 구드룬이고 누가 올라우인지, 그건 도무지 기억나지가 않아, 나는 보통 올라우와 구드룬을 뭉뚱그려 지칭해서 민망해질 수도 있는 상황을 빠져나오곤 했어, 그런데 지금 그런 일을 생각할 때인가, 아니 전혀 아니지, 적어도 이상한 노크 소리를 들은 뒤에는 아니야, 내가 아는 한, 누구도 문을 두드리지 않았어, 지금 나는 등줄기가 서늘해지는 느낌이야, 야트게이르에게 잠깐 다녀와야겠어, 마지막으로 그를 만난 게 언제였는지 기억도 나지 않을 만큼 오래전이지만, 마음을 진정시키려면 그를 보고 오는 게 좋겠어, 불안한 느낌을 견딜 수가 없어, 솔직히 말하자면 내가 마지막으로 야트게이르를 찾아간 건 몇 해 전이었어, 또 솔직히 말하자면 바임에서 내가 찾아가는 사람이라곤 그뿐이었고, 그러니 만약 내가 다시 누군가를 찾아간다면, 그래야 한다면, 지금이 좋겠어, 하지만 그 여자가 온 뒤로는 예전 같지 않았지, 이름이 뭐더라, 그래 엘리네, 엘리네가 그와 함께 배를 타고 그 집으로 왔어, 그가 평소처럼 여름휴가로 배를 몰고 비에르그빈에 다녀오는 길이었지, 하지만 그것도 이미 여러 해 전 일이야, 그래 세월은 참으로 빨리 흘러 벌써 여러 해가 지났네, 그해 여름 그는 집에 혼자 돌아오지 않았어, 어느 여자와 함께였지, 그냥 한 여자가 아니라, 사람들이 말하길, 이미 결혼해서 사르토르에 살고 있던 여자였어, 하지만 여자는 바임에서 자란 사람이었고, 묘하게도 야트게이르가 수년 동안 가지고 있던 배 이름 역시 엘리네였어, 어쩌면 그게 바로 그가 엘리네라는 이름을 가진 여자를 데려온 이유겠지, 그래서 이제 야트게이르는 죄악 속에서, 적어도 예배당 사람 몇몇이 말하는 대로라면, 죄악 속에서 그녀와 함께 살고 있는 거야, 야트게이르가 그런 짓을 하다니, 멀리 다른 곳에서 결혼한 여자를 바임으로 데려오다니, 그 유부녀 납치 사건이 아니었다면 바임에서 회자될 일도 없는 여자를 말이지, 그래 마을에서는 그렇게 불렀어, 유부녀 납치 사건이라고, 그리고 여자의 남편이 언제든 바임으로 와서 아내를 데려갈 거고 야트게이르를 때려죽일 거라고, 아니면 적어도 초주검을 만들어놓을 거라고들 했지, 여자가 결혼했던 남자가 한덩치 하는 사내고, 사르토르 어부라고, 아니면 혹시 그 남자가 아내를 치워버리게 돼서 기뻐하고 있는지 모른다고, 그렇게 말하는 사람도 있었어, 그렇게 말한 건 바임 상점 아래쪽 부두에 모이는 남자들 중 하나였을 거야, 오늘 바임 예배당 모임이 있었더라면 그 사람들과 어울릴 수도 있었겠지, 하지만 모임이 없었어, 그리고 나는 야트게이르 말고는 딱히 찾아갈 만한 사람도 없고, 여러 해 전, 예전엔, 그의 집에 자주 들렀어, 그리고 적어도 내가 가는 만큼은, 야트게이르도 내게 들르곤 했어, 하지만 그가 동거를 시작하고 나서는, 그래 사람들은 그렇게 말했지, 동거라고, 그래 그후론 예전 같지 않았어, 이제는 그를 찾아가는 건 날이 가고 해가 가도록 한 번 있을까 말까 해, 그 여자가, 그래 그의 동거인, 엘리네라는 여자가 신경쓰여서는 아니야, 내가 언젠가 한번 그 집에 들렀을 때, 그래 그 여자는 조용히 주방 쪽으로 물러났고 좀 있다가 머리를 빼꼼히 들이밀며 내게 커피라도 한잔 드릴까요 물었고, 야트게이르는 그게 좋겠다고 대답했어, 나도 네 고맙습니다, 말했고, 그리고 야트게이르와 나는 예전과 거의 다를 바 없이 함께 앉아 있었지, 하지만 완전히 똑같지는 않았어, 모든 게 어딘가 확실히 달라져 있었으니까, 마치 야트게이르가 딴사람이 된 것 같았어, 물론 겉모습은 옛날 그대로였지만, 뭔가 달라져 있었지, 틀림없이 그랬어, 그는 예전과 달리 수줍음을 타는 것 같았고, 훨씬 더 내향적으로 됐고, 항상 조심해야 하고 더이상 하고 싶은 말도 하지 못하게 된 사람, 뭐든지 말하기 전에 꼭 한번 더 생각해야 하는, 혹시라도 상대를 다치게 하는, 아니 정확한 표현이 뭔지 모르겠지만, 그런 말을, 내뱉을까봐 그러는 사람 같았어, 내가 생각해낼 수 있던 유일한 변화는 바로 그 여자, 엘리네야, 그가 함께 살게 된 여자, 그 여자가 조용히 아무 흔적도 없이 들어왔을지는 몰라도, 아무 흔적 없이 머물진 못했어, 그래 그렇게 말할 수 있어, 거실도 전혀 다른 모습으로 변했으니까, 산더미 같던 오래된 신문들, 거실 한가운데에 쌓여 있던, 〈굴라 티덴〉을 비롯한 신문들은, 매주 부풀어오르는 것 같았어, 언젠가는 온 거실에 가득차겠다 싶었지, 덕분에 야트게이르는 자기 거실에서 쫓겨나다시피 했고, 그런데 그 신문더미들이 이제는 사라졌어, 여러 해 쌓인 신문더미가 몇 개나 있던 그 자리에는, 이제 입을 쩍 벌린 빈 공간만이 언제나 눈에 들어왔지, 그리고 커튼은 또 어떤가, 커튼은 오랫동안 한결같았어, 하지만 이제는 온갖 색깔이 뒤섞인 커다란 꽃무늬 커튼으로 죄 바뀌었어, 예전에 걸려 있던 커튼은 갈색이었는데, 소파에 놓인 쿠션도 예전의 그 쿠션이 아니야, 나는 그 오래된 신문들과, 예전의 커튼들이 도대체 어디로 사라졌는지 차마 묻지도 못했어, 그래 예전 그대로인 게 하나도 없었으니, 그를 찾아가고 싶은 마음도 들지 않더군, 어차피 그도 더는 나를 찾아오지 않았으니까, 하지만 내가 달리 찾아갈 사람이 누가 있겠어, 아무도 없어, 솔직히 말하자면 그렇지, 그러니 그냥 집에 있는 게 낫겠어, 나는 생각했다, 만약 내가 어딜 나간다면 제대로 된 신발을 신고 따뜻한 외투를 걸쳐야겠지, 하지만 집에 있는 게 훨씬 나아, 노크 소리가 나든 말든 걱정하지 말고, 그 소리는 그저 혼자 상상했던 게 분명해, 그런 생각을 하다가 나는 깜빡 잠이 들었던 것 같았다, 왜냐하면 이제 막 깼으니까, 그리고 가장 먼저 머릿속에 떠오른 것은 내가 눕기 전에 들었던 그 노크 소리였다, 그래 정말이지 이해할 수 없는 일이었어—그런데 또다시 누군가가 세게 문을 두드리는 소리가 들렸다, 너무나 큰 소리였기에 나는 깜짝 놀라 벌떡 일어났다, 아마 내가 깜빡 졸았던 모양이군, 얼마나 잤는지는 모르겠지만, 난 지금 저 문소리 때문에 잠이 확 깬 거야, 나는 소파에서 몸을 일으켜 앉았다, 다시 문 두드리는 소리가 나, 이번에도 세게 하지만 조금 전만큼은 아니야, 아니 도대체 이건, 나는 자리에서 일어나 현관 복도로 나간다. 다시 문 두드리는 소리가 난다. 이번에는 조용하게 두드리잖아. 아니 이건 분명 환청일 거야. 그것 말고는 달리 설명할 길이 없어. 그러니 이젠 절대로 문을 열지 않겠어. 눈 위에 발자국이라도 있었다면 동네 아이들이 나를 놀리는 짓거리였다고 확실히 알 수 있었을 거야. 아이들 장난이었을 뿐이라고. 그리고 그 아이들은 지금쯤 어딘가에 숨어서 깔깔거리며 웃고 있겠지. 나를 속였다고, 심지어 겁을 줬다고. 하지만 그건 괜찮아. 애들이니까. 바임에서는 애들이 할 만한 게 딱히 많지 않고, 스스로 생각해낸 장난 말고는 재미있는 일이라곤 없을 테니까. 그런데 참 이상해 나는 왜 이 생각을 좀더 일찍 못했을까. 귀신이 아니라 애들 장난이라는 걸. 나는 참 쉽게 속고 쉽게 겁먹는 사람이 돼버린 모양이야. 나는 정말 온갖 걸 다 믿게 됐나봐. 그런데 다시 문 두드리는 소리가 나네. 확실히 들려. 아주 세게 문을 두드리는 소리가. 다시 문을 열어봐야겠어. 문 앞에 아무도 없다면, 어딘가 어둠 속에 숨어서 나를 또 한번 속여서 신이 나 킥킥 웃고 있는 장난꾸러기 아이들 소행이란 걸 알 수 있겠지. 하지만 이번엔 내가 겁먹은 모습을 보여주진 않겠어, 절대로, 이번만은, 또다시 문 두드리는 소리가 나, 조금 전보다 더 세게, 이제 나는 당장 문을 열겠어, 그리고 나는 문 앞으로 다가가 문을 홱 열었다―세상에, 아니 누가 그걸 믿을 수 있을까, 거기 서 있는 사람은 바로 야트게이르잖아, 누가 그걸 믿을 수 있을까, 그에게 한번 가볼까 생각하며 서성이던 참이었는데 그도 똑같은 생각을 했단 말인가, 왜냐하면 거기 서 있는 사람은 그 누구도 아닌 바로 야트게이르니까

내가 불쑥 찾아와서 놀랐나보군, 야트게이르가 말한다

나는 방금 전까지도 거실을 서성이며 그를 한번 찾아가볼까 생각하고 있었다는 말은 하면 안 된다고 생각한다, 아까부터 제법 오랫동안 문을 쾅쾅 두드리는 소리가 났다는 말은 더더욱, 내가 문을 열어봤는데, 그때는 아무도 없었다는 말도, 그래서 조금 두려웠고 그 때문에 내 오랜 친구를 찾아가볼까 생각했다는 말도

얼른 들어오게, 내가 말한다

그래야지, 그가 말한다

그러게 얼른 들어오게나, 내가 말한다

나는 문안으로 들어서는 야트게이르에게 오랜만이라고 말한다, 우리가 마지막으로 본 게 언제였는지 기억나지 않을 정도야, 정말 오래전이군, 나는 말한다, 야트게이르는 거의 몇 년은 된 것 같다고 말한다, 내가 그럴 수도 있겠다고 말하자 야트게이르는, 아니 정확히 언제였는지 기억이 나지 않는군, 말한다

그래 기억력이 예전 같지 않지, 내가 말한다

맞아, 그가 말한다

그래 어느새 우리도 그렇게 되어버렸어 엘리아스, 그가 말한다

엘리아스, 야트게이르가 말한다

응, 내가 말한다

그런데 말이야 내가 자네 집 마당에 들어설 때 문 앞에 누군가 서 있는 걸 봤어, 그가 말한다

우리집 문 앞에 누가 서 있었다고, 내가 말한다

맞아, 그래 누가 서 있는 걸 봤어, 집 모퉁이를 돌 때 내가 분명히 봤어, 그가 말한다

그리고 나는 아무 말도 하지 않는다

그런데 이상한 건 거기 서 있던 사람이 갑자기 사라졌다는 거야, 그가 말한다

남자였나, 내가 말한다

아니 그건 잘 모르겠어, 하지만 누군가가 거기 서 있던 건 분명해, 그가 말한다

그게 정말이야, 내가 말한다

거기에 누군가 서 있는 건 그다지 이상할 것도 없었지만, 정말 이상한 건 그가 갑자기 사라졌다는 거야, 그래 마치 허공 속으로 사라진 것 같았어, 그가 말한다

섬뜩했어, 그가 말한다

그랬군, 내가 말한다

나는 이제 누군가가 우리집 문을 두드렸다고 야트게이르에게 말해줘야겠다고 생각한다, 그것도 마구 우리집 문을 두들겨댔다고, 그리고 그 때문에 두려웠다고, 하지만 어쩌면 아무에게도 말하지 않는 편이 나을지도 몰라, 말을 하면 더 무서워질 수도 있어, 아니 어쩌면 그렇지 않을지도 모르지, 적어도 이젠 어떤 유령 비슷한 것이 우리집 문을 두드렸다는 걸 알게 됐잖아, 그것만은 이제 확실해, 아니 확실하지

않을지도 몰라, 어떤 기이한 추상적인 면에서는 확실한 게 아닐지도 몰라, 그렇다 추상적인, 그래 그 단어가 지금 상황엔 어울려, 어차피 유령이란 게 존재한다면 추상적인 것일 거고, 실체적인 것이라곤 할 수 없을 테니까, 몸이 없는 영혼, 어떤 면에서는 그런 게 바로 유령이 아닐까, 그게 아니라면 뭐라고 말할 수 있을까, 그런데 이상한 건 야트게이르가 바로 그 직후에 문을 두드렸다는 거야, 문 두드리는 소리는 야트게이르가 올 거라는 예고였을까, 흔히들 말하듯, 징조 같은 거였을까, 하지만 과연 그런 게 있을 수 있을까, 이를테면 누군가가 오기도 전에 먼저 문을 두드리는 일이, 아니 그건 말이 안 돼, 있을 수 없는 일이야, 하지만 어쨌든 지금은 야트게이르가 와 있어, 그런데 그는 안으로 들어와야 할 텐데 그저 문간에 서 있기만 하잖아, 그에게 집안으로 들어오라고 다시 말하고 커피라도 한잔 줘야겠어

커피 한잔 할 텐가, 내가 말한다

야트게이르는 그저 나를 바라보기만 한다

자네는 유령이 무섭지 않나보군? 그가 말한다

나는 뭐라고 대답해야 할지 모르겠다, 그러자 야트게이

르는 마치 나를 대신해 대답하듯 말한다, 아니 별로 무서워하지 않는 것 같군, 그의 말에 나는 그저 고개를 끄덕일 뿐이다

그렇군, 야트게이르가 말한다

다시 정적이 흐른다. 그리고 갑자기, 아무런 예고도 없이, 야트게이르가 이제 집에 돌아가야겠다고 말한다

하지만 자네는 이제 막 왔잖아, 내가 말한다

뭔가 깜빡 잊은 게 있어서, 그가 말한다

지금 막 생각났어, 그가 말한다

당장 가야 해, 서둘러야겠어, 그가 말한다

누구나 뭔가를 깜빡 잊을 수 있지, 그래도 조만간 다시 들르게, 나는 말한다

사실 난 그냥 잠깐 인사만 하려고 들렀어, 그가 말한다

이젠 서둘러야겠어, 그가 말한다

나는 이해한다고 말한다, 그렇다 이해하지 못하면서도, 나는 그렇게 말한다

곧 다시 얘기하자고, 야트게이르가 말한다

그러지, 내가 말한다

나는 야트게이르가 돌아서서 마당을 가로질러 걷는 모습을 본다, 그는 천천히 걷는다, 잠시 후 그가 집 모퉁이 뒤로 사라진다, 나는 열린 문 앞에 서서 내다본다, 그리고 무슨 이유에선지 문을 그대로 열어두었으면 한다, 하지만 그럴 수는 없다, 밖은 매우 춥기 때문에 문을 열어두면 찬바람이 들어올 테니까, 그래 차라리 내가 밖에 나가 잠시 걷는 게 더 낫지 않을까, 따뜻한 외투를 걸치고 검은 선장 모자, 내가 늘 쓰던 그 모자를 쓰면 되겠지, 내가 왜 그 검은 선장 모자를 그토록 오랜 세월 써왔는지는 나도 모르겠어, 아무튼 모자는 제자리에 있겠지, 그리고 그것들을 걸치고 바임 상점으로 가봐야지, 거긴 아직 문을 닫지 않았을 테니까, 하지만 딱히 살 게 떠오르진 않아, 그래도 거기에 가볼 순 있지, 나는 생각한다, 거기 아니면 어디로 가야 할지도 모르겠는걸, 바임 예배당에서 모임이 있다면 거기 가도 될 텐데, 그래, 그리고 야트게이르에게 들러도 될 텐데, 근데 그는 방금 여기 다녀갔잖아, 그러니 사람을 만나려면 바임 상점에 가는 수밖에 없어, 하지만 일요일에는 바임 교회에서 예배가 열려, 내가 신앙은 없지만, 적어도 예배당과 교회에서 다른 사람들과 함께 있을 수는 있지, 그리고 내게도 신앙이 조금은 있어, 나만의 방식으로, 난 그렇게 생각해, 일요일에 교회 가기가 기다려지는군, 나는 생각한다, 그러니 바임 상점으로 가봐야겠어, 거기로 가다보면 부둣가에 늘 모여 있는 사내들과 얘기도 좀 나눌 수 있을 테고, 그러다보면 뭐라도 하나 살 게 떠오를 거야, 하지만 나는 이틀 전 거기서 장을 봤는데 오늘 또 뭘 살 게 있을지 모르겠어, 그래도 그 사내들은 분명히 거기 있을 거야, 몇 명뿐이더라도, 오늘도 있을 거야, 그렇다면 그들과 몇 마디 나눌 수 있겠지, 나도 가끔은 그렇게 얘기 나눌 때가 있지, 자주 그러는 건 아니지만, 내가 늘 거기 서서 어슬렁거리는 무리에 끼인 사람은 아니니까, 어쨌거나 오늘은 집에 머물고 싶은 마음이 없어, 흔히들 말하듯, 곤두섰던 신경을 가라앉혀야 해, 그래서 나는 선장 모자를 쓰고 외투를 입고 튼튼하고 편한 신발을 신는다, 옷을 입고는 마당으로 나선다, 현관문을 닫고 시골길을 따라 큰길 쪽으로 걷다가 왼쪽으로 꺾어 마을 중심을 향해, 바임 상점을 향해 뻗은 길을 걷는다, 아니 문 두드리는 소리에 대해선 생각하지 않을 거야, 그리고 야트게이르의 그 짧은 방문에 대해서도 생각하지 않겠어, 나는 생각한다, 그리고 생각 없이 걷는다, 발걸음에 속도를 낸다, 저녁 공기가 꽤 차가웠기 때문이다, 바임 상점에서 뭘 살 수 있을지 골똘히 생각해보지만, 아무것도 떠오르지 않는다, 그렇다면 굳이 가게 안에 들어갈 필요도 없을 것이다, 그냥 부두로 내려가서 동네 사내들과 몇 마디 나누기만 해도 되겠지, 저기에, 그래, 아니나다를까 저기 평소처럼 몇몇이 서 있군, 좋아 다행이야, 사실 대개는 사람들이 있긴 했지만 항상 꼭 누가 있는 건 아니니까, 그런데 오늘은 언뜻 보기에 그다지 많은 것 같진 않군, 그들은 고개를 숙인 채 조용히 서 있어, 평소엔 저렇지 않은데, 보통은 가볍게 수다를 떨고 웃음을 터뜨리기도 하는데, 그래 오늘은 평소와 같은 게 하나도 없나보군, 나는 생각한다, 내가 다가가는 소리를 듣고는 모두 고개를 들고 나를 쳐다보더니 다시 고개를 떨군다, 오늘은 아무도, 우리 예배당 사람이, 혹은 우리 교회 사람이 오네 하고 말할 것 같지 않다, 그래도 어쨌든 그들에게 가봐야지, 이미 부두 쪽 사내들을 향해 가고 있으니 이제 와 달리 할 수 있는 것도 없어, 나는 그들에게 다가간다, 저기 서 있는, 아무 말도 없는 그들에게로, 나를 쳐다보는 사람은 아무도 없다, 그들은 그저 고개를 숙인 채 그대로 서 있을 뿐이다, 누군가 무슨 말이든 해야 한다

오늘은 다들 말이 별로 없으시네요, 내가 말한다

그리고 한참이 지난 뒤에야 한 사람이 고개를 들어 앞을 바라본다

그래요 참으로 슬픈 일이에요, 그가 말한다

나는 거기 서서 그가 무슨 뜻으로 그런 말을 하는지 궁금해한다, 무엇이 그렇게 슬프다는 걸까

그래요 그렇게 떠나버리다니, 그가 말한다

당신과 그는 좋은 친구였어요, 다른 이가 말한다

그리고 다시 정적이 흐른다

지금 도대체 무슨 이야기를 하는 건가요, 내가 말한다

그러자 거기 서 있는 모두가, 네댓 명 될까, 그들이 고개를 들어 나를 쳐다본다

그래요, 내가 말한다

그래 그가 떠났다고요? 내가 말한다

맞아요 야트게이르가요, 그가 말한다

그게 무슨 말인가요? 내가 말한다

야트게이르가 오늘 죽었어요, 그가 말한다

그리고 그는 이해할 수 없다는 듯 나를 바라본다

야트게이르가, 내가 말한다

그리고 정적이 흐른다

소식 못 들었어요? 누군가 말한다

무슨 소식 말인가요? 내가 말한다

야트게이르가 오늘 죽었다는 소식 말이에요, 그가 말한다

나는 고개를 젓는다

아니야, 내가 말한다

바다 위에 떠서 죽은 채로 발견됐어요 자기 배 옆에서, 그가 말한다

나는 방금 전에도 그와 얘기했어요, 그래요 삼십 분도 채 되지 않았다고요, 내가 말한다

그러자 그들은 나를 더욱 이해할 수 없다는 듯 바라본다

하지만 그는 이미 몇 시간 전에 익사체로 발견됐어요, 누군가가 말한다

나는 방금 그와 이야기를 나눴어요, 여기 오기 직전에요,

그리고 여기까지 걸어오는 데 그다지 오래 걸리지도 않고, 내가 말한다

아니요 그는 두 시간쯤 전에 익사한 채로 발견됐어요, 누군가가 말한다

저기, 거 있잖아요, 그 여자, 그래요 동거인이, 바다 위 자기 배 옆에 그가 둥둥 떠 있는 걸 발견했대요, 그가 말한다

그 여자가 야트게이르를 뭍으로 끌어올릴 수가 없어서, 밧줄을 찾아 그를 부두에 묶어뒀다고 하더군요, 그가 말한다

그때 마침 내가 길을 지나가고 있었죠, 그가 말한다

그리고 그 여자가 나를 불렀어요, 도와달라고, 그래서 내가 내려가보니 야트게이르가 거기 있었어요, 차가운 바닷물 위에 둥둥 떠서 얼굴은 하늘로 향하고서, 그가 말한다

그리고 또다시, 정적이 흐른다, 나는 이만하면 충분하다고 생각한다, 더는 감당할 수가 없어, 이젠 아무것도 이해할 수가 없어, 나는 방금 야트게이르와 이야기를 나눴고, 그는 언제나 그랬듯 살아 숨쉬고 있었어, 내가 조만간 그의 집에 들르겠다는 이야기도 하지 않았던가, 아니 그러진 않았나, 하지만 어쨌든, 나는 생각한다

나는 방금 야트게이르와 만나 이야기를 나눴어요, 내가 말한다

그래요 여기 오기 바로 직전에요, 내가 말한다

그래요 그렇다면 그가 죽은 자들 가운데서 부활한 건가요, 누군가가 말한다

그래요 또하나의 그리스도처럼, 그가 말한다

야트게이르를 여러 가지로 비난할 순 있겠지만, 그를 또하나의 그리스도라고 탓할 순 없을 것 같은데요, 누군가가 말한다

하지만 그런 건 당신이 우리보다 더 잘 알겠죠, 세번째 사람이 말한다

의사가 와서 그가 죽었다는 걸 확인했어요, 그를 소생시키기 위한 어떤 시도도 의미가 없는 상태였죠, 누군가가 말한다

그리고 정적이 흐른다, 완전한 정적, 내 생각은 이리저리 오가지만 정작 떠오르는 생각은 하나도 없다, 나는 온몸이 굳은 채, 그 자리에 그저 서 있다

그래요 당신과 야트게이르는 정말 좋은 친구였어요, 누군

가 말한다

네, 내가 말한다

그래요 엘리아스 당신은 믿음이 있는 사람이고 그는 아니었는데도 말이죠, 누군가 말한다

다시 정적이 흐른다, 나는 그렇게 서 있어봐야 아무 소용 없다고 생각한다, 그러니 이제 계속 가야 해, 그게 뭘 의미하든 간에, 나는 생각한다

그래요 안타까운 일이에요, 누군가 말한다

정말 안타깝죠, 다른 누군가 말한다

너무나 뜻밖이었어요, 그가 말한다

평생을 바다에서 살아온 사람인데, 또다른 이가 말한다

정말 이해가 안 되는 일이에요, 세번째 사람이 말한다

그렇네요, 내가 말한다

마치 어떤 말도 보탤 수 없을 것 같아요, 누군가 말한다

다음 순간 목소리들은 웅성거림이 된다, 누가 무슨 말을 하는지 나는 분간을 못하겠다, 생각들이 서로 얽혀들듯 단어들과 문장들도 서로 얽혀든다, 내가 방금 야트게이르와 이야기했다니, 아니 그건 도무지 이해할 수가 없다, 그렇다

면 우리집 문을 두드린 사람도 그가 아니었을까, 그래 그가 물에 빠져 죽어가던 그때, 그래 그랬을 거야, 그것 말고는 달리 설명할 길이 없어, 그걸 설명이라고 할 수 있다면, 섬뜩해, 나는 생각한다, 그는 왜 죽은 뒤에 나를 찾아와 말을 걸었던 걸까, 그래 예전처럼, 마치 아무것도 변한 게 없던 것처럼, 아니 그런 걸 이해할 수 있는 사람은 없어, 마치 그가 내게 마지막 인사를 하러 온 것만 같아, 나는 생각한다, 이제 나는 집으로 돌아갈 수밖에 없어, 다른 도리가 없으니까, 딱히 별로 갈 데도 없고

그래요 그럼 또 봅시다, 내가 말한다

그러자 부두에 있던 사내들로부터 안녕히 잘 가라든가 하는 말이 들린다, 나는 몸을 돌려 집을 향해 걷기 시작한다

예배당에서 봐요, 누군가 등뒤에서 말한다

아니면 교회에서, 또다른 이가 말한다

그래요 물론 야트게이르 장례식에서도, 세번째 사람이 말한다

나는 정말 믿을 수 없는 일이라고 생각한다, 야트게이르는 참 좋은 사람이었어, 바임에서 유일한 내 친구였고, 그래

내가 어른이 된 후의 삶을 통틀어 가장 좋은 벗이 되어줬지, 그리고 그가 이제 떠났다면, 그래 그는 떠났어, 그건 분명해, 그에게 신앙이 있었는지 없었는지에 대해서는, 우리가 이야기를 나눈 적이 없어, 그는 아마 바임 예배당이나 바임 교회에 발을 들인 적도 없을걸, 하지만 그게 무슨 상관일까, 상관없지, 나는 생각했다, 나는 그의 죽음에 엘리네가 어떤 식으로든 관련되어 있다는 생각이 들었다, 그가 결국 그녀와 함께 사는 것을 견디지 못했다고, 그런 이유로 그는 부주의해져서 바다에 떨어졌다고, 단지 배를 보러 나갔든 아니면 바다에 잠깐 나가려 했든 간에, 하지만 만약 그런 거라면 진작에 그런 일이 벌어졌어야지, 엘리네는 이미 오래전부터 그의 집에서 함께 살고 있었으니까, 그녀는 그저 그 집으로 들어왔고, 자리를 잡았어, 그래 정말 그랬어, 그녀는 어찌했든 그의 배에 올라탔고, 야트게이르는 그런 그녀를 배에서 쫓아낼 수 없었어, 그녀는 그렇게 그의 배 안은 물론 그의 집안에 머물게 됐어, 누가 알까, 아마도 언젠가 그가 자기 배에 엘리네라는 이름을 붙였기 때문에, 그녀가 그럴 수 있었던 건지도 몰라, 나도 모르겠어, 그런데 도대체 왜 야트게이르는 자기 배에 엘리네라는 이름을 붙였으며 또 엘리네라는 이름을 가진 여자는 왜 그 배에 올라타 그와 함께 살았던 걸까, 그래 도무지 이해가 안 됐어, 나는 생각한다, 곧장 집으로 가서 마음을 가다듬고 야트게이르를 위해 기도해야겠어, 나는 생각한다, 그가 그리울 거야, 내가 바임에서 친구라고 부를 수 있는 사람은 야트게이르뿐이었고, 바임 전체를 통틀어 내가 가본 집도 야트게이르의 집밖에 없었으며, 나의 누추한 집에 발을 들였던 사람도 그가 유일했으니까, 나는 바임 예배당과 바임 교회에서 만났던 사람들과는 가깝게 지낸 적이 없고, 그들과 가깝게 지내고 싶은 마음도 없어, 하지만 엘리네라는 여자가 야트게이르의 집에 들어온 뒤로는, 그를 찾아가는 게 예전만큼 즐겁지 않았어, 내가 찾아가는 걸 엘리네가 그다지 달가워하지 않는다고 느꼈어, 그리고 야트게이르가 내게 찾아오는 것도 달가워하지 않았고, 그래서 야트게이르가 우리집에 발길을 끊었던 거야, 나도 더이상 그를 찾지 않게 되었지, 그래서 그가 오늘 우리집 문 앞에 서 있었던 건 정말 예상치 못한 일이었어, 그리고 이 사실, 그래 그가 오늘 익사했다는 이 사실, 그리고 그 일이 그가 나랑 대화를 나누던 때와 거의 같은 시간에 벌어졌다는 것, 아니 그런 건 믿을 수도 없고 이해할 수도 없어, 아무튼 그는 내게 작별인사를 하러 왔던 걸 거야, 그래 아마도 그랬겠지, 그리고 이제 바임에는 내가 잘 안다고 말할 수 있는 사람이 아무도 없어, 남은 건 오직 예배당 사람들과 교회 사람들뿐인데, 그들을 안다고 하기엔 내가 그들과 가까웠던 적이 없어, 우리는 그저 같은 모임에 있을 뿐이야, 그러니 지금 나는 여태껏 살아온 날들을 통틀어 그 어느 때보다도 더 외로워, 그런데 거기, 그래 거기에, 야트게이르가 내 곁에 있는 게 느껴져, 하지만 그가 보이는 건 아니야, 그는 행복한가봐, 마치 내게 작별을 고하듯 손을 흔들고 자신은 지금 그곳에서 잘 지내고 있다고 말하는 것 같아, 야트게이르가 마치 내 머리 위 어딘가 높은 곳에서, 하지만 그렇게 멀지는 않은 곳에서, 나를 내려다보고 있는 것처럼 느껴져, 그가 이제 앞으로 일어날 모든 일을 알고 있다는 느낌이 들어, 내게 일어날 일들까지도, 그리고 그는 이 모든 걸 행복이 드리운 평온함으로 받아들이고 있어, 기독교적 표현을 빌리자면 그는 이제 하느님의 평화와 그리스도의 십자가 빛 속에 있는 거야, 하지만 그런 말들은 아무 의미가 없는 것 같군, 나는 팔을 들어 그에게 손을 흔들어 인사해, 그도 팔을 들어 내게 손을 흔들어주는데 마치 이제 잘 지내고 있다고 기쁨에 넘쳐 말하는 것 같아, 그리고 나는, 바임 길을 따라 걸으며, 나는 손을 들어 하늘을 향해 흔들어, 야트게이르가 있다고 느껴지는 그곳을 향해, 그리고 모든 것이 딱 알맞은 느낌이야, 하지만 누가 이런 나를 본다면 뭐라고 생각할까, 하지만 어쨌거나 나를 보고 있는 사람은 아무도 없잖아, 그래 야트게이르 말고는

잘 가게 야트게이르, 내가 말한다

그동안 함께해줘서 고마워, 내가 말한다

그리고 나는 야트게이르를 본다, 그의 손과 그의 팔이 어둑한 하늘 속으로 사라지는 것을 본다

III

그녀는 나를 프랑크라고 불렀다, 우리가 처음 만난 순간부터 그녀는 나를 프랑크라고 불렀다—안녕 프랑크, 그녀는 내게 만나서 반갑다고, 혹은 그 비슷한 말을 했다, 비에르그빈이었다, 푸글렌이라는 레스토랑이었고 나는 그날 엘리노르라는 어선에서 함께 고기잡이를 하던 동료 두 명과 함께 그곳에 갔다, 우리 셋은 함께 뱃일을 했고, 가끔 고기를 많이 잡아 좋은 가격으로 팔면 비에르그빈으로 가곤 했다, 보겐의 선착장에 배를 정박시키고, 보통 하룻밤 머물곤 했다, 우리는 주로 오후에 닻을 내렸고, 그다음날 아침

이나 이른오전에 다시 바다로 떠났다, 물론 전날 밤이 얼마나 늦게 끝났느냐에 따라 출항 시간은 달라졌다, 정확히 말하자면 우리가 얼마나 취했느냐에 따라 달라졌다, 그 당시 나와 함께 배를 타던 이는 에이빈과 라르스였다, 그 배는 에이빈의 아버지가 갖고 있던 낡은 어선이었는데, 그는 바다가 두려워 엘리노르호에 타는 일이 거의 없었다, 그 배 이름이 왜 엘리노르인지는 아무도 몰랐다, 언젠가 에이빈이 그의 아버지에게 물어본 적이 있었지만, 그는 내키지 않는 듯 다소 퉁명스럽게 굴며 대답하지 않았다, 분명한 건 그의 어머니, 즉 아버지의 아내는, 이름이 적어도 엘리노르는 아니라는 점이었다, 이름이야 어쨌든, 에이빈의 아버지는 그 어선과 어구의 소유자였기에 우리가 번 돈의 절반, 혹은 거의 절반을 가져갔다, 우리는 그것이 지나치다고, 합리적이지 않다고 생각했다, 그래서 우리는 수익을 요령껏 넉넉하게 계산하곤 했다, 말하자면 그렇다는 것이다, 어쨌든 그건 그렇다 치고, 우리가 고기를 많이 잡아 벌이가 짭짤했을 때는, 스스로에게 보상이라도 하듯 외식을 하러 비에르그빈으로 갔고, 항상 푸글렌을 찾았다, 거기서는 적당한 가격에 맛 있는 지역 요리를 먹을 수 있었고, 맥줏값도 저렴했다, 그렇다 심지어 잔으로 파는 증류주도 다른 곳보다 저렴했다, 적어도 우리가 아는 비에르그빈의 다른 곳과 비교하자면 그랬다, 하지만 솔직히 내가 가본 곳은 그렇게 많지 않았고, 지금까지도 마찬가지다, 비에르그빈에선 푸글렌 말고 다른 데는 거의 가본 적이 없다, 부스카페엔과 카피스토바에도 들러본 적은 있지만, 내가 달리 가보았던 곳이라 해봐야 그 둘뿐이었고, 대개는 푸글렌으로 갔다, 늘 그랬다, 그리고 그날도 어김없이 그랬다, 그렇다 내가 엘리네를 처음 만난 날, 그녀는 에이빈과 라르스, 내가 함께 앉아 있던 테이블로 다가왔고 나는 저녁으로 미트볼을 먹고 있었다, 그녀는 두 손으로 탁자 모서리를 짚고, 나를 똑바로 바라보았다, 그때 그녀가 정확히 무슨 말을 했는지는 기억나지 않지만, 나를 프랑크라고 불렀던 건 기억난다, 안녕 프랑크, 다시 만나서 반가워요, 그녀는 아마 그렇게 말했던 것 같다, 그러니까 그녀가 실수한 게 분명했고 나를 다른 사람으로 착각하는 것 같았다, 아니 어쩌면 그냥 머릿속에 떠오른 이름이 프랑크였기 때문에 그렇게 불렀던 것일지도 모른다, 나는 한 번도 왜 나를 프랑크라고 부르느냐고 물어보지 못했다, 이후로 내내 프랑크라고 불렀는데도 그랬다, 그렇게 부르는데도 그때 나는 고개를 들어 그녀를 바라보았던 것 같다, 그래 분명 그랬다, 그렇지만 내가 무슨 말을 했는지는 기억나지 않는다, 어쩌면 아무 말도 하지 않았는지도 모르겠다, 다만 기억나는 건 에이빈이었는지 라르스였는지 둘 중 하나가 내 이름은 프랑크가 아니라고 말했다는 것이다, 내 이름은 전혀 다르다고, 내 이름은 올라브, 다른 어떤 이름도 아닌, 그저 올라브일 뿐이라고, 하지만 우리 테이블로 다가온 그녀는 여전히 두 손으로 탁자 모서리를 짚은 채 서 있었다, 어쩌면 술을 너무 많이 마셔서 무언가를 붙잡고 있어야 했던 것일지도 모르지만, 그들의 말은 들은 척도 하지 않았다, 그녀는 나를 똑바로 바라보았다, 내 눈을 똑바로 바라보는 그녀의 눈빛은 마치 그녀가 나를 잘 알고 있다고 말하는 것 같았다, 그래 우리가 서로 잘 아는 사이라고, 오랜 친구라고, 적어도 오래된 지인이라고, 하지만 나는 그녀를 어디에서도 본 기억이 없었다. 물론 예전에 우리가 만난 적이 있고 그때 내가 술을 너무 마신 나머지 그 일을 기억 못하는 것일 수도 있겠지만, 그럴 법한 얘기는 아니었다, 내가 술을 즐기는 건 사실이었다, 솔직히 꽤 많이 마셨다, 하지만 기억을 못 할 만큼 마신 적은 아주 드물거나 없었다, 그리고 그녀가 거기 서서 나를 바라보고 있던 그때, 그래 나는 그녀를 난생처음 보았다, 내가 기억하는 한은 그랬다, 그래 정신을 잃을 만큼 술을 마셨던 것은 매우 오래전 일이었다, 어린 시절 있었던 일, 그것도 고작 두어 번 됐을까, 그때는 내가 아직 절제하는 법을 배우기 전이었다, 하지만 그날, 푸글렌에서, 엘리네가 거기 서 있던 그날, 평일이었음에도 꽤 취해 있던 그날, 그녀는 나를 프랑크라고 불렀고, 고집을 꺾지 않았다, 그녀는 내 이름이 프랑크라고 결론내렸고 그래서 나는 프랑크가 되어버렸다, 다른 말은 통하지 않았다, 나는 프랑크였다, 그리고 그뒤로 우리가 오랜 세월 함께 살아가게 되었을 때도 그녀는 나를 올라브라고 부른 적이 단 한 번도 없었다, 오직 프랑크였다, 올라브라는 이름에 더해, 프랑크라고 불리는 데 익숙해지기까지 꽤 오랜 시간이 걸린 건 사실이다, 솔직히 말하자면 나는 끝내 완전히 익숙해질 수 없었다, 그도 그럴 것이 나를 프랑크라고 부른 사람은 오직 그녀 하나

뿐이었으니까, 다른 모든 이들은 내 진짜 이름으로, 올라브라고 나를 불렀다, 더도, 덜도 말고, 그저 올라브라고, 하지만 프랑크라는 이름도 사실 그렇게 나쁘진 않았다, 나는 점점 그 이름에 익숙해졌다, 그러니 순에서 사람들이 나를 프랑크-올라브, 혹은 올라브-프랑크라 부르기 시작했어도 별로 놀랍지 않았다, 그리고 그녀, 엘리네는, 프랑카라고 불렸다, 또는 가끔씩은 프렝카, 프렝케-프랑카 또는 프랑케-프렝카라고도 불렸다, 그녀의 진짜 이름, 그러니까 엘리네는, 거의 쓰이지 않았다, 순에서도 바임에서도 마찬가지였다, 사람들은 주로 그녀를 프렝카, 또는 프랑케-프렝카라고 불렀고, 나를 제외하면, 그녀를 엘리네라 부르는 사람은 아무도 없었다, 사실 사람들이 그녀를 결코 진짜 이름으로, 엘리네로 부르지 않았다는 건 꽤 무례한 일이기도 했다, 하지만 그녀는 실은 유아세례를 요세피네라는 이름으로 받았다고, 언젠가 내게 속삭이듯 말했다, 그리고 지금 그녀의 묘비에는 그 이름이 적혀 있다, 그 이름을 아는 사람은 몇몇 소수의 사람과, 소위 입회자들, 그렇다 그녀의 장례식에 참석했던 몇몇 사람뿐이었다, 장례식에서 목사는 요세피네라는 진짜 이름으로 불렀다, 그러니 엘리네의, 혹은 프렝카의, 혹은 프랑케-프렝카의 진짜 이름을 아는 이는 그 정도였다, 그리고 바임에서도, 순에서처럼, 사람들은 더이상 그녀를 엘리네라고 부르지 않았다, 아니 그래도 그녀가 야트게이르와 함께 살고 있었을 때까지는 엘리네라고 불렀던 것 같다, 야트게이르, 사람들은 그를 그렇게 불렀다, 그의 진짜 이름은 그저 게이르였는데도 말이다, 그리고 사람들은 그가 죽고 난 후에도 처음 몇 년 동안은 여전히 그녀를 엘리네라 불렀다, 하지만 우리가 함께 살기 시작하면서, 그리고 내 본명은 올라브이지만, 순에서는 프랑크라 불린다는 소문이 바임에 퍼지기 시작하면서, 바임 사람들도 나를 프랑크라 부르기 시작했다, 이 모든 일은 푸글렌에서 시작되었다, 수년 전 그날, 나는 말하자면 프랑크로 개명당한 셈이었다, 거기에는 에이빈과 라르스가 증인으로, 혹은 세례식의 대부로 함께했으니, 나는 그렇게 말할 수도 있을 것이었다―그래서 나는 프랑크가 되었고, 그 사실에 익숙해져야 했다, 비록 그 이름이 내 것이라는 느낌은 전혀 들지 않았지만 말이다, 반면 올라브라는 이름은 달랐다, 내가 올라브라는 이름, 부모님이 지어준 이름으로 살던 시절에는, 그 이름이 곧 나였다, 하지만 그날 엘리네는 내게 물었다, 거기 서서, 내게 춤추고 싶지 않느냐고

  춤추고 싶지 않나요 프랑크, 그녀가 말했다

나는 여전히 미트볼을 앞에 둔 채 앉아 있었다, 음식이 아직 많이 남아 있었지만, 그럴 때는 네라고 말할 수밖에 없지 않은가, 왜냐하면 밴드는, 헝가리였던가 여하튼 그쪽 지역의 음악을, 기가 막히게 연주하고 있었는데, 심지어 그것은 왈츠곡이었다, 그래서 내가 만약 춤을 춘다면 그건 왈츠여야만 했다, 내가 왈츠를 제대로 춰서가 아니라, 다른 춤은 출 수 없기 때문이었다, 그래서 만약 춤을 춰야 한다면 바로 지금이어야 했다, 여자가 남자에게 춤을 청하는 건 그리 바람직하지 않았고, 관례대로라면 남자가 먼저 춤을 청해야 했지만, 솔직히 말해 나는 한 번도 그래본 적이 없다, 누군가에게 춤을 청하는 일 말이다, 아니 한 번 있었던가, 하지만 그때 그 여자가 얼굴을 일그러뜨리며 가능한 한 많은 사람에게 들리도록 큰 소리로 거절했기 때문에 나는 용기를 잃었던 것 같다, 그녀는 아니요 하고 거절했는데, 그 얼굴이

아직도 내 눈앞에 선하다, 오만하게 턱을 치켜올리고, 얼굴을 약간 뒤로 젖히고, 나를 똑바로 바라보며 거절했던 그녀의 말투는 자주 춤 신청을 받는 여자의 말투가 아니라, 오히려 대개는 사람들에게 잊힌 채 남겨지는 여자의 말투였다, 어쩌면 그렇기 때문에 그녀는 더욱더 퉁명스럽고도 큰 소리로 나의 청을 거절했을지도 모른다, 그럼으로써 춤을 청하는 사람이 없어서 그녀가 홀로 앉아 있다고 생각하는 사람이 없도록 말이다, 하지만 그 경험으로 나는 완전히 주눅이 들어버렸고, 댄스플로어에 몇 번 발을 디디지도 못했다, 아마도 내가 처음으로 춤을 춰본 것은 학교 선생님이 학교 댄스파티에서 우리에게 최소한 왈츠는 가르쳐주려 했던 때였을 것이다, 그래 아마도 그랬을 것이다, 이제야 기억이 난다, 그렇게 왈츠 스텝을 몇 개 배웠던 것은, 그때 거기, 내가 푸글렌에서 에이빈과 라르스와 함께 앉아 미트볼을 먹고 있었을 때 좀 도움이 되었다, 왜냐하면 밴드는 최선을 다해 연주하고 있었고, 그녀는 탁자 모서리를 두 손으로 짚고 서서 분명 나를 다른 사람으로 착각한 채 춤을 청했다, 자기가 아는 누군가로 말이다, 그래서 그녀는 나의 아니요라는 말을 아니요로 받아들이지 않았을 게 분명했다. 그러니 내가 할 수 있는 일은 하나, 미트볼을 그대로 남겨두고 자리에서 일어나 최선을 다해 왈츠를 추는 것뿐이었다. 내가 일어나자 그녀가 내 셔츠 소매를 잡아끌었다. 나는 재킷을 벗어서 의자 등받이에 걸어둔 터였다. 그녀는 나를 끌고 댄스플로어로 데려갔다. 춤을 추고 있는 사람이 아무도 없었지만, 밴드는 최선을 다해 연주를 하고 있었다. 마치 반쯤 꿈을 꾸고 있는 것처럼. 그러더니 갑자기 잠에서 깨어난 듯이, 드러머는 드럼을 더 세게 두드렸고, 베이스 주자가 베이스기타 줄을 더 또렷하게 튕기자 〈아름답고 푸른 도나우강〉의 멜로디가 그곳을 가득 채웠다. 비록 춤을 추는 사람은 없었지만 말이다. 그녀는 내게, 그러니까 프랑크에게, 최선을 다해 춤을 춰야 한다고 말했다. 그러고는 내 오른손을 잡고 자기 쪽으로 끌어당겼다. 그리고 내 허리에 팔을 둘렀고, 나는 왼팔로 그녀의 허리를 감쌌다. 그녀의 허리는 가늘었고, 부드러웠다. 내 손을 거기에 두니 기분이 좋았다. 그리고 그녀는 나를 춤 속으로 이끌었다. 춤을 이끈 건 그녀였고, 나는 그저 최선을 다해 따를 뿐이었다. 나는 꽤 괜찮다고 생각했다. 그

런데 그때 그녀가 내 귓전에 입술을 가져와 제법 큰 소리로 말했다
 당신은 춤추는 꼴이 꼭 황소 같아요, 그녀가 말했다
 나는 그런 말에 뭐라고 답해야 할지 몰랐다
 그래도 당신은 꽤 괜찮은 남자예요, 그녀가 말했다
 어쩌면 우리가 커플이 될 수도 있을 것 같네요, 그녀가 말했다
 그리고 우리는 계속 춤을 췄다, 내가 그렇게까지 춤을 못 추는 건 아니라고 생각하며 에이빈과 라르스가 앉아 있는 테이블을 바라보니 그 둘이 손뼉까지 치며 웃고 있어서, 아니, 아니 이건 결코 잘되고 있는 게 아니야라고, 나는 생각한다, 나는 나 자신을 웃음거리로 만들고 있었다, 하지만 다행히도 푸글렌에는 사람이 거의 없다, 오늘은 평일이고, 게다가 이른저녁이어서, 그나마 다행이다, 밴드 쪽을 바라보니 그들의 무표정한 얼굴에는 웃음기가 하나도 없다, 물론 나도 그렇다, 그들은 나를 못 본 척할 뿐, 사실은 한 사람도 빠짐없이 나를 똑똑히 보면서 각자 제 나름의 생각을 하고 있을 것이다, 그래도 한편으론 누군가 춤을 추고 있으니 기

쁘기도 할 것이다. 아무도 춤추지 않는데 음악 연주만 한다면 그건 별로 재미없을 테니까, 적어도 그게 오래 지속된다면 말이다. 〈아름답고 푸른 도나우강〉의 멜로디가 사라질 무렵 나는 그녀의 허리에서 손을 뗀다, 하지만 그녀는 여전히 자기 손을 내 허리에 두고 있고 내 오른손도 놓지 않는다

  고마워요, 내가 말한다

  그녀는 아무 대꾸도 하지 않는다, 나는 그렇게 말해야 한다고, 춤이 끝나면 고맙다고 말해야 한다고 생각했는데, 혹시 내가 잘못 알고 있었던 건가

  프랑크, 프랑크 당신도 참, 그녀가 말한다

  나는 그런 말에 뭐라 답해야 할지 도무지 알 수가 없다, 내가 프랑크가 아니라고 말하는 건 소용없을 것 같다, 시비를 거는 것처럼 들릴 테니까, 하지만 적어도 그녀의 이름은 물어볼 수 있지 않을까

  나는 엘리네예요, 그녀가 말한다

  나는 그녀가 생각을 읽을 줄 아는 게 틀림없다고 생각한다

  어쩌면 우리가 커플이 될 수도 있을 것 같네요, 그녀가 말한다

나는 그녀의 말에 깜짝 놀란다

그래요, 우리 앉아서 이야기 좀 나눠요, 그녀가 말한다

내 테이블은 저기예요, 그녀가 말한다

그녀가 손가락으로 가리키는 곳에 파인트 맥주잔이 놓인 둥근 테이블과 그 옆으로 바닥에 놓인 여행가방 하나가 보인다, 그녀는 나를 이끌고 자신의 테이블 쪽으로 데려가 의자 하나를 가리키며 거기 앉으라고 한 뒤 내 잔을 가져오겠다고 말한다, 그와 동시에 나는 재빠르게 움직이는 그녀를 본다, 잽싸다, 그녀는 에이빈과 라르스가 앉아 있는 테이블로 가서 내 파인트 잔을 집어들더니 벌써 내 쪽으로 돌아오고 있고 밴드는 또다른 왈츠곡을 연주하기 시작한다, 〈아름답고 푸른 도나우강〉의 성공 덕분에 그들은 왈츠곡 연주에 자신감을 얻은 듯했고 그녀는 그 왈츠곡 박자에 맞춰 춤을 추듯 걸어와 내 앞에 잔을 들고 서 있다

앉아요, 그녀가 말한다

네, 내가 말한다

나는 그녀가 가리킨 의자에 앉고 그녀는 맥주잔을 내 앞, 자신의 맞은편에 내려놓는다, 그러고는 후다닥 달려가서 내

재킷을 가져오더니 내가 앉은 의자 등받이에 건다, 그녀는 자기 자리로 돌아가 맥주를 한 모금 마시고 나는 내가 지금 도대체 무슨 일에 휘말리고 있는 건지 생각한다

프랑크, 프랑크 당신도 참, 그녀가 말한다

그래요 당신을 보니 참 좋네요, 그녀가 말한다

나는 무슨 말을 해야 할지 알 수가 없다, 하지만 그녀는 우리가 전부터 서로 아는 사이였다고 믿는 것이 틀림없다

그런데 우리가 아는 사이인가요, 내가 말한다

아니에요, 그녀가 말한다

하지만 앞으로 서로 알아가면 되지 않겠어요, 그녀가 말한다

그래요, 내가 말한다

그럼요, 그녀가 말한다

자 우리 건배해요, 그녀가 말한다

그리고 그녀는 잔을 들고 나도 잔을 들어 서로 부딪친다

건강과 행복을 위하여, 그녀가 말한다

그리고 긴 삶을 위하여, 그녀가 말한다

함께할 긴 삶을 위하여, 그녀가 말한다

나는 도대체 그녀가 왜 그런 말을 하는지 이해할 수가 없다

풍요와 행복을 위하여, 그녀가 말한다

그리고 엘리네와 프랑크를 위하여, 그녀가 말한다

나는 내 이름이 올라브라고 말해봤자 아무 소용 없을 거라고 생각한다, 어차피 그녀는 계속 나를 프랑크라고 부를 테니까

프랑크 당신과 나를 위하여, 그녀가 말한다

그리고 그녀는 내가 어디에 사는지 또 비에르그빈에는 왜 왔는지 묻고 나는 사르토르의 순에 살고 있는 어부이며 이번엔 어획량이 꽤 많아 돈을 넉넉히 벌었기에 비에르그빈에 잠시 놀러왔고, 배는 지금 선착장에 정박해 있다고 말한다, 그녀는 내가 왜 하필 지금 푸글렌에 있는지 묻고 내가 대답도 하기 전에 내가 사는 집에 공간이 넉넉한지 묻고 나는 왜인지는 모르지만 그 집은 부모님에게서 물려받은 것이라고 대답하고 그녀는 내게 부모님이 돌아가셔서, 어린 나이에 부모님을 잃어서 참으로 안타깝다고 말하고 내가 형제자매도 없다는 말까지 하자 그녀는 부모님이 돌아가신 뒤에도 어린 시절을 보낸 집에서 홀로 살면 참 외롭고 쓸쓸하겠다

고 말한다, 하지만 이젠 내가 그녀를 만났으니 그 외로움도 끝이라고 말한다, 그리고 그녀는 내 집 상태가 좋지 않을 거라고 짐작한다, 내가 마지막으로 바닥, 계단, 벽은 말할 것도 없거니와 천장을, 청소한 게 언제였는지, 그리고 식사는 어떤지, 큰 키에 이렇게 말라빠져 허우적거리는 모습을 보니 식사 역시 그다지 내세울 만한 건 아니겠다고, 하지만 이젠, 그렇다 이젠 모든 게 좋아질 거라고, 당장 내일부터 자기가 책임질 거라고, 그녀가 말하고 나는 에이빈이 우리가 앉아 있는 테이블 쪽으로 걸어오는 것을 보고 이젠 이 엘리네라는 여자와 단둘이 앉아 말하지 않아도 되겠구나 싶어 잘됐다고 생각하고 에이빈은 우리 테이블 앞에 다가와 묻는다, 내가, 우리가, 자기와 라르스가 함께 앉아 있는 테이블로 와서 합석하면 어떻겠냐고, 엘리네라는 여자는 한마디로 거절한다, 우리는 이 테이블에 계속 있을 거예요, 그러자 에이빈은 알았다고, 나쁜 뜻은 없었다고 말한다, 그가 몸을 돌려 라르스가 혼자 앉아 있는 테이블로 돌아가려 하자 엘리네라는 여자가 그에게 잠시 기다리라고 말한다, 그녀가 그에게 하고 싶은 이야기가 있다고 하자 에이빈은 멈춰 서서

엘리네를 바라본다

네, 그가 말한다

네 무슨 이야기인지 해보세요, 그가 말한다

그러니까, 엘리네가 말한다

저기 있잖아요, 그녀가 말했다

네, 그가 말한다

당신들은 사르토르로, 순으로 돌아갈 거죠, 오늘 안으로요, 그래요 우리가 술을 다 마시고 나면 당신들 어선으로 함께 가요, 그런데 그 배 이름이 뭔가요?

엘리노르예요, 에이빈이 말한다

딱 좋아요, 엘리네와 비슷하잖아요, 그녀가 말한다

그래요 그게 내 이름이에요, 그녀가 말한다

엘리네죠, 그녀가 말한다

그러니까 당신 생각은 그렇다는 거죠, 에이빈이 말한다

그럼 당신은 다른 생각이 있나요, 엘리네가 말한다

우린 여기서 자축하며 한잔하려고 했어요, 에이빈이 말한다

고기를 많이 잡아서 돈을 많이 벌었으니까요, 그가 말한다

그래서 이제 술값으로 그 돈을 다 써버리겠다는 건가요, 그녀가 말한다

우린 그 이상으로 벌었어요, 그가 말한다

그러자 그녀는 라르스가 혼자 앉아 있는 테이블을 가리킨다

당신은 저기 저 테이블로 가서 잔이나 마저 비우세요, 당신 친구도 그렇게 하고요, 저기 혼자 앉아 있는 저 사람 말이에요, 그녀가 말한다

그리고 그녀는 그에 대해서도 묻는다, 저기 혼자 앉아 있는 저 사람, 그도 어부냐고, 엘리노어에서 함께 일하냐고 묻자 에이빈은 그렇다고 대답한다, 그리고 그도 어부라고, 그리고 그의 이름은 라르스라고, 그리고 올라브, 여기 앉아 있는 이 사람도 어부라고 말한다

프랑크 말인가요, 그녀가 말한다

그러자 에이빈은 내게 체념한 듯한 눈길을 보낸다

네 그래요, 그가 말한다

그래요 내가 말한 대로 해요, 그녀가 말한다

잔을 비워요, 그녀가 말한다

잔을 비우고 배에 타서 당장 사르토르로 가는 거예요, 그리 멀지도 않잖아요, 그녀가 말한다

하지만, 에이빈이 말한다

하지만이란 말은 하지 마세요, 그녀가 말한다

에이빈은 나를 바라보며 고개를 절레절레 젓는다

내가 말한 대로 하라니까요, 그녀가 말한다

나는 에이빈이 라르스가 앉아 있는 테이블 쪽으로 가는 걸 보고 그녀는 내게 얼른 잔을 비우라고 말한다, 그리고 그녀는 자신의 맥주를 단숨에 들이켜 잔을 비운다

이제 당신도 잔을 비워요, 그녀가 말한다

내가 잔을 들어올려 단숨에 맥주를 들이켜 비우자 엘리네라는 여자는 자리에서 일어나 여행가방을 들어올리며 자기는 원래 바임 출신이라고 말한다, 하지만 어리석게도 이사를, 아니 무작정 그곳을 떠나, 비에르그빈으로 왔는데, 정말 그래서는 안 됐다고 말한다, 비에르그빈에서는 살 수가 없다고, 이곳은 사람이 살 만한 곳이 아니라고, 사기꾼들에게나 어울리는 곳이라고, 비에르그빈의 모든 부는 전부 스트릴레란데 사람들에게서 훔친 것이라고, 그녀는 말한다, 바

로 그 때문에 비에르그빈 사람들이 스트릴레란데 사람들을 깔보고, 스트릴레란데 사람들을 인간으로 대하지 않는 거라고, 그러니까 스트릴레란데 사람들은 그들에게 사람이 아니라 그저 하인이나 일꾼이고, 그들이 보잘것없는 품삯을 주었다가 하찮은 물건에 돈을 쓰게 해서 금방 되찾아오는 대상일 뿐이라고, 이를테면 푸글렌에서 파는 파인트 한 잔을 보라고, 그걸 마시려면 거의 반나절 치 품삯을 지불해야 하니, 이제 술은 그만 마셔야 한다고, 그녀 자신도 더 마시지 않을 거라고, 그녀는 말한다, 그리고 그녀는 내 팔을 잡고 의자에서 일으켜세우고는 내게 재킷을 입으라고 말하고, 나는 그렇게 한다, 그녀는 한 손으로는 내 팔짱을 끼고 다른 한 손으로는 여행가방을 들고 걷는다, 아니 우리라고 해야겠지, 우리는 에이빈과 라르스가 앉아 있는 테이블로 향하고 그들은 놀란 눈으로 우리를 바라본다, 그 테이블 앞에 가자 엘리네라는 여자가 말한다, 우리는, 그렇다 그녀는 우리라고 말한다, 우리는 이미 결정했다고, 그녀도 함께 배를 타고 다시 사르토르로, 순으로 돌아갈 거라고, 그리고 그들도 지금 당장 잔을 비우고 배로 가야 한다고, 게다가 그 배 이름은 엘리노르가 아니냐고, 그렇다 그녀는 자기소개를 따로 하진 않았지만 자신의 이름이 엘리네라고, 그러니 그 배는 그녀의 이름을 따서 지은 것이나 마찬가지라고, 심지어 두 이름은 거의 비슷하게 들린다고, 그녀는 말했고 내 팔을 놓은 후 에이빈에게 손을 내밀자 그는 자리에서 일어나, 악수를 하고, 자기 이름을 말했다, 그리고 그녀는 라르스에게도 손을 내밀었고, 그가 자리에서 일어나, 자신의 이름을 말했고 다시 자리에 앉기도 전에 엘리네가 말했다, 우리는, 그녀는 정말로 우리라고 말했다, 그렇다 우리는 지금 당장 배에 가기로 결정했다고, 그녀는 분명 지금 당장이라고 말했다, 라르스는 이미 자리에서 일어나 맥주잔을 비우고 있는 에이빈을 바라보며 자기 잔을 들어 비웠다, 그리고 둘은 재킷을 입었다, 정장 재킷이었다, 왜냐하면 우리는 푸글렌에 오기 전에 옷을 잘 차려입자고, 각자 정장을 입고, 흰 셔츠에 넥타이를 매자고 했으니까, 엘리네는 다시 내 팔짱을 꼈고 우리는 푸글렌을 나섰다, 에이빈과 라르스는 우리 뒤에서 따라왔고 나는 등뒤에 꽂히는 밴드 멤버들의 시선을 느낄 수 있었다, 그리고 그때, 바로 그 순간, 그들은 연주곡을 바꾸어 결혼행진곡처럼 들리는 멜로디를 연주하기 시작했다, 세상에 그보다 더 창피할 수는 없었다, 이젠 그곳을 빠져나가는 수밖에 없다고, 가능한 한 빨리 나가야 한다고, 나는 생각했다, 그리고 우리는 밖으로 나왔고, 인도 위에 서 있다가 보젠 쪽으로 가는 에이빈과 라르스의 뒤를 따라갔다, 우리, 엘리네라는 여자와 나

세상에 우린 이제 커플이 됐어요, 엘리네가 말했다

믿기지가 않아요, 그녀가 말했다

프랑크 당신과 나 말이에요, 그녀가 말했다

프랑크와 엘리네, 그녀가 말했다

그리고 나는 당연히 아무 말도 하지 않았다

당신은 아무 말도 하지 않는군요, 엘리네가 말했다

내게 무슨 말이라도 해줄 수 있잖아요, 그녀가 말했다

뭐에 대해서 말인가요, 내가 말했다

그러니까 우리의 미래 같은 거 말이죠, 그녀가 말했다

나는 아무 말도 하지 않았다

아니면 내게 뭔가를 물어볼 수도 있잖아요, 내가 어디서 왔는지 그런 거, 하지만 그건 내가 이미 말했죠, 엘리네가

말했다

어디서 왔는데요, 내가 말했다

바임에서, 그녀가 말했다

하지만 그건 내가 벌써 말했잖아요, 그녀가 말했다

그러니까 당신은 바임 출신이군요, 내가 말했다

그게 뭐 잘못됐나요, 그녀가 말했다

우리는 에이빈과 라르스를 뒤따라 걷고 있었고 나는 아무것도 이해할 수 없다고 생각했다, 정말이지 아무것도

바임에 가본 적 있나요, 그녀가 말했다

네 그럭저럭, 내가 말했다

무슨 뜻인가요, 그녀가 말했다

바임 상점에는 한번 가본 적 있어요, 내가 말했다

그 근처에서 고기를 잡았던 거군요, 그녀가 말했다

그래요, 내가 말했다

나는 그때 전혀 알지 못했다, 그곳을 걷고 있을 때만 하더라도, 내가 결국 바임에서 살게 되리라는 것을, 지금 내가 실제 살고 있는 것처럼, 적어도 일주일에 한 번씩은 바임 상점을 들락거리면서, 어쩌면 일이 그렇게 되리라는 것

을 그때는 몰랐던 게 다행이었는지 모른다, 그렇다 어떤 것이든, 좋은 것이든 나쁜 것이든 간에, 나는 생각한다, 그래 내게 벌어질 일들을 몰랐던 건 분명 최선이었다고, 이상했다, 그렇다 모든 것이 이상했다, 내가 자주 생각했던 것처럼, 모든 것이 이상했다, 그렇다 이건 내 묘비에 새겨도 좋을 것이다, 내 삶을 요약해야 한다면, 말 그대로 요약이라는 것을 해야 한다면, 이렇게 들릴 것이다, 모든 것이 이상했다고, 하지만 엘리네는 묘비에 아무것도 쓰고 싶어하지 않았다, 단지 출생 연도와 사망 연도, 그리고 이름만, 하지만 그녀는 죽기 훨씬 전부터, 자기가 죽으면 가능한 한 야트게이르 가까이에 묻히고 싶다고 말했다, 그러니 두 사람 사이가 적대적이었을 리는 없다, 그리고 나는 엘리네가 야트게이르 옆에 최대한 가까이 묻힐 수 있도록 해주었다, 하지만 야트게이르 바로 옆에 묻진 못했다, 거기엔 엘리아스의 마지막 안식처가 이미 자리잡았기 때문이었다, 그는 바임에서 야트게이르와 가까이 지낸 유일한 사람이었고, 그 둘은 자주, 아니 적어도 가끔은, 서로를 찾아갔다고, 사람들은 그렇게 말했다, 그렇다 그 말은 엘리네가 해준 말이었다, 그녀는 엘리아스가 야트게이르 바로 옆에 묻히게 된 것을 그다지 달가워하지 않았다, 사실 그녀는 엘리아스를 별로 좋아한 적이 없었다, 그는 교회 사람이었다고, 그녀는 말했다, 바임 교회에서 예배가 있을 때면 빠지지 않고 나갔다고, 그래서 그와 야트게이르가 그처럼 친하게 지냈던 것을 끝내 이해하지 못했다, 그리고 매번, 사실 그렇게 많지는 않았다, 고작 두어 번쯤 되었을까, 그러니까 그녀가 야트게이르 집에서 살기 시작한 후, 엘리아스가 들를 때면, 그는 그녀를 못마땅해하는 것 같았다, 그렇다 마치 그녀를 노골적으로 정죄하는 것 같았다, 그녀가 야트게이르와 함께 죄악 속에서 살고 있다고, 사람들이 말하듯이, 혹은 적어도 그렇게들 생각하듯이, 그렇다 그들 교회 사람들 말이다, 하지만, 그렇다 그는 야트게이르 집에 단지 두어 번 찾아왔을 뿐이다, 그것도 그녀가 거기 살기 시작한 초반이었고, 그후로는 아예 발길을 끊었다, 거기에는 분명 그럴 만한 이유가 있다고, 그녀는 생각했을 것이다, 그녀 역시 야트게이르가 엘리아스를 찾아가는 것이 달갑지 않았기 때문에, 그렇다 그후로 둘은 서로 아무 상관 없는 사이가 되었다, 하지만 엘리아스가 그녀를 싫어했을 거라니, 게다가 그녀를 정죄하다니, 그 모든 사람 중에 그가, 쓰러져가는 작은 집에 살면서 평생 단 하루도 제대로 일을 해본 적이 없을 그가, 알 수 없는 이유로 국가 보조를 받으며 살던 그가, 그런 그가 그녀를 정죄하고 그녀가 죄악 속에서 산다고 생각하다니, 그건 도무지 말이 안 되는 일이었다. 그러더니 그는 야트게이르가 세상을 떠난 지 얼마 되지 않아 죽었다. 그리고 야트게이르 곁에 묻힌 사람은, 그녀가 아니라, 바로 엘리아스였다. 그리고 바로 그 점이 그녀를 몹시도 괴롭혔던 것이다. 왜냐하면 그건 그녀가 거기서 마지막 안식을 누릴 수 없기 때문이라고, 그녀는 말했다, 그녀의 무덤이 야트게이르의 무덤 옆에 있을 수 없기 때문이라고. 하지만 그녀는 비록 엘리아스의 무덤이 자신과 야트게이르의 무덤 사이에 있게 된다 하더라도, 가능한 한 야트게이르 가까이 묻히고 싶어했고, 결국 그렇게 되었다, 그녀는 엘리아스 옆에 묻혔고 그 옆에는 야트게이르가 누워 있었다. 그리고 그녀는 자기가 어디에 묻히든 상관없이, 자신의 묘비에는 반드시 요세피네라는 이름이 새겨져야 한다고 말했다. 왜냐하면 그건 아무도 모르는 이름인데다 그녀의 본래 이름을 아는 사람도 없으니 거기에 그녀가 묻혀 있다는 것은 아무도 눈치채지 못할 것이라고, 그래서 결국, 모르긴 하지만, 그 묘비 아래 누워 있는 사람이 누구인지 아는 건 나뿐이었다—그리고 다시 혼자가 된 나는 일주일에 한 번쯤 그녀를 찾곤 했다, 나무배 엘리네를 타고서, 그렇다 나는 집만 물려받은 게 아니었다, 그렇다 야트게이르가 어린 시절을 보낸 그 집뿐 아니라, 그의 배, 그리고 그가 소유했던 다른 모든 것까지 함께 물려받았다, 왜냐하면 그 모든 것을 야트게이르에게서 물려받았던 엘리네가 세상을 떠나면서 그것들을 내게 물려주었기 때문이다, 야트게이르에게는 자식이 없었다, 다른 가족도 먼 친척뿐이었다, 어쩌면 그들이 뭔가를 상속받았어야 했을지 모르지만, 나는 잘 모른다, 하지만 어찌 됐든 결국에는 엘리네가 그 모든 것을 받았다, 그리고 내가 알기로는 아무도 유산을 요구하지 않았다, 게다가 내가 알던 엘리네는 설령 누가 무언가를 원했다 한들 아무것도 내주지 않았을 것이다, 그렇다 보안관이 와서 강제로 가져가지 않는 한은, 어쨌든 결국 모든 건 고스란히 다 남겨졌다, 나무배 엘리네도 남겨졌다, 그래서 몇 년 동안은 부두에 엘리네라는 이름을 가진 배가 두 척이나 정박해 있었다, 야트게이르의 나무배와 나의 고깃배, 그렇다 내가 이름도 밝히지 않고 그저 뱃사람이라고만 했던 어떤 사람에게 그 나무배를 아주 싸게 팔아넘기기 전까지는 그랬다, 그는 어느 작은 섬에 살았고, 오랫동안 그 나무배를 눈여겨보며 아주 좋은 배라고 생각해왔다고, 그러니 내가 그 배를 팔 마음이 있다면 기꺼이 사고 싶다고 했다, 어쨌거나 내게 배가 두 척 있어봐야 무슨 소용이 있겠는가, 솔직히 말해 나는 그 배를 관리하는 게 무슨 의무처럼 느껴졌다, 그래서 나는 나무배를 팔았고 그것을 처분한 날은 내게 정말 의미 있는 날이었다, 처음으로 내 소유의 고깃배를 구입한 날처럼, 적어도 그만큼의 의미가 있었다, 나는 여러 해 동안 에이빈과 라르스와 함께 고깃배 엘리노르에서 고기를 잡았다, 하지만 나는 돈을 충분히 저금해 대출을 받을 수 있을 정도가 되면 꼭 나만의 배를 사겠다고 생각했다, 그리고 그렇게 했다, 마음먹었던 대로 말이다, 내게 고깃배를 팔았던 사람은 직접 그 배를 끌고 왔고, 그날은 엘리네가 더는 견딜 수 없다며 짧은 편지 한 통만 남기고 사라졌던 바로 다음날이었다, 그렇다 엘리네가 떠난 바로 다음날 그가 배를 가지고 왔다, 내게 배를 판 남자는 하르당에르피오르에 살았고, 내가 산 그의 고깃배를 타고 왔는데 그의 친구도 다른 고깃배를 몰고 같이 왔다, 내가 그의 고깃배를 인수하자 그는 친구의 배에 올라탔고 그 둘은 그들이 왔던 하르당에르피오르로 돌아갔다, 내게 배를 판 사람이 말하길, 두 사람이 따로 배를 타면 수익이 그다지 많지 않지만, 배 하나를 나눠 쓰면 생계유지는 할 수 있다고, 적어도 비용 면에선 배 두 척을 따로 타는 것보다 훨씬 나을 거라고 했다, 이제 내게 배를 판 남자는 다른 배의 지분을 사들일 예정이고 그러면 대출을 갚을 수 있을 테니, 살아가기가 훨씬 쉬워질 거라고 했다, 피오르에서 하는 어업은 그렇게 큰 수익이 나지 않는다고 내게 배를 판 남자는 말했다, 그는 내게 그 배를 팔아서 매우 만족스러운 눈치였고 나도 배를 살 수 있어서 매우 만족스러웠다, 하지만 그뿐이었다, 아니 단지 그뿐이라 말할 수만은 없었다, 내가 바다에서 돌아온 그날 저녁, 그러니까 내가 배를 인수받기로 한 바로 전날, 나는 이미 그 배에 엘리네라는 이름을 붙이기로 마음먹고는, 명패도 미리 준비해두었다, 조타실 앞 한 중앙에 갈색으로 래커를 칠한 위에 검은 글씨로 크게 적힌 엘리네라는 이름이 보이도록, 바로 그날 부엌 식탁 위에 더는 이런 삶을 견딜 수 없어 떠날 수밖에 없다고 적힌 엘리네의 편지가 놓여 있었다. 그녀는 꼭 필요한 소지품만 여행가방에 챙겼다고, 그러니 내게 무언가 중요한 물건이 사라졌을까봐 걱정하지 않아도 된다고. 그리고 내가 그녀에 대해 크게 신경쓰지도 않으니, 자기가 어디로 가는지 굳이 말할 이유도 없겠다고, 어딘지는 아마 나도 짐작할 수 있을 거라고, 그녀는 그렇게 썼고 나는 그녀가 이상한 방식으로 내 삶에 들어왔고 역시나 이상한 방식으로 내 삶에서 떠나버렸다고 생각했다. 일은 그렇게 되었다. 하지만 나는 그녀가 그리웠다, 아주 많이 그리웠다, 그러나 내가 그토록 손꼽아 기다리던 배를 손에 넣게 되었던 것, 그렇다 그것이 이별을 좀더 쉽게 받아들이도록 해주었던 것 같다. 아니 적어도 그 덕분에 나는 엘리네를 그만큼 자주 생각하지 않게 되었는데 아마 내게 그 배 엘리네가 없었다면 훨씬 더 많이 그녀를 생각했을 것이다, 그렇다 솔직히 내가 엘리네보다 배 엘리네를 더 많이 생각했던 것은 사실이다, 나는 바로 다음날 엘리네라고 적힌 명패를 조타실 앞에 단단히 조여 고정시켰다. 그렇다 그러고 있으려니 기분이 좀 이상했다는 건 인정할 수밖에 없다. 엘리네가 예상도 못하게 갑작스레 떠난 바로 다음날 엘리네라는 이름을 새 배에 걸다니, 어쨌든 그랬다. 이제 엘리네는 떠났다. 그러나 내겐 적어도 배 엘리네가 있었다. 돌이켜 생각해보니 만약 둘 중 하나를 선택해야 했다면 나는 망설였을 것 같았다. 아니 실은, 망설임 없이 배를 선택했을 것이다. 그랬으니 엘리네가 떠난 것도 충분히 이해가 갔다. 하지만 그녀가 어떻게 떠났는지, 그리고 어디로 갔는지, 아무리 생각해도 알 수 없었다. 문득 그녀가 떠난 그날 저녁 우리가 엘리노르호를 정박하려던 때 나무배를 본 것이 떠올랐다. 그렇다 배를 정박시키기 직전에, 나는 갑판의 선교 위에 서서 조타실 옆면에 엘리네라고 적힌 배를 보지 않았던가. 나는 그걸 보는 순간 참 이상하다고 생각했다. 그렇다 그 배 이름이 내가 함께 사는 여자의 이름이자 내가 다음날 인수할 배에 정해둔 이름과 같았으니까. 하지만 그때 나는 깊이 생각해보지 않았고 나중엔 그 배의 조타실 옆면에 정말 엘리네라고 적혀 있었는지조차 의문이 들었다, 어쩌면 그저 내가 상상한 건지도 몰랐다. 하지만 확실한 건, 내가 자주 엘리네에 대해 생각했다는 것이다. 그녀가 어디로 갔는지, 그리고 어떻게 갔는지를. 하지만 아무튼 들리는 말로는 엘리네가 떠난 그날 한 남자가 엘리네라는 이름의 배 한 척을 부두에 정박시켜놨다고 했다. 그 얘기를 들려준 사람은 식료품점에서 일하는 트리사였다. 그녀는 오랫동안 그곳에서 일해왔고, 가게 위층의 작은 집에 살고 있었는데, 그날 그 사람이 그녀에게 완전히 속아넘어갔다고 했다. 그는 헐거워진 단추를 다시 달기 위해 바늘 한 개와 검은 실 한 타래를 달라고 했는데 그녀가 그 바늘과 실을 터무니없는 값에 팔았다는 것이다. 그러면서 그녀는 아무렇지 않은 척 굴었다. 마치 원래 가격이 그렇다는 듯. 믿을 수 없을 정도였다. 게다가 그녀는 재미있다는 듯 깔깔 웃으며 그 이야기를 했다. 그것도 한두 번이 아니라 계속해서. 그가 그 바늘과 실을 샀다고. 그녀는 그토록 물건을 잘 팔아본 적은 이전에도 없었고 이후에도 없었다고. 그렇게 250크로네를 벌었던 그날 저녁 그녀는 엘리네가 부두 쪽으로 내려가서 거기 정박해 있던 배에 올라타는 것을 봤다고 내게 말해주었다, 내가 배를 인수받기 전날이었고 그녀가 콜로니알렌 문을 잠그고 산책삼아 부두에 내려갔다가 그 배의 조타실 옆면에 엘리네라는 명패가 붙은 걸 보았다고, 그러니 엘리네는 배 엘리네를 타고 어디론가 떠나버린 것이 틀림없다고, 그녀는 말했다, 그리고 그녀와 함께 있던 중년의 남자는 아마도 그 배의 주인이었을 것이며, 말투로 보아 쉬그네 어딘가 출신인 것 같았다고 했다, 결코 잘한 일이라고는 할 수 없지만, 그렇다고 범죄라든가, 누가 나서야 할 그런 일은 아닌 것 같다고, 그녀는 말했고 나도 엘리네가 사라졌던 그날 저녁 엘리노르를 타고 보젠으로 들어오면서 그 배를, 엘리네라는 이름의 그 배를 직접 보았으니, 나는 이제 그녀가 어떻게 떠났는지 알 것 같았다, 하지만 그 모든 일이 결국 내가 어린 시절의 집을, 순을, 사르토르를 떠나, 엘리네와 함께 바임에 살게 되는 것으로 끝나리라고는, 그렇다 그렇게 되리라고는 생각도 하지 못했다, 나를 떠났던 그녀와 함께 바임에서, 그것도 야트게이르의 집에서, 그녀가 나를 떠나 함께 살던 그 남자의 집에서 살 거라고는, 아니 그건 도무지 상상도 할 수 없었다, 내가 그런 일을 받아들였다는 것, 내가 그런 상황을 받아들였다는 것 말이다, 하지만 엘리네가 뭔가를 결정하면, 그녀가 바라는 대로 되기 마련이었다, 어느 날 저녁 나는 거실의 안락의자에 앉아 있었다. 바다에서 고된 하루를 보내고 돌아온 터라 너무 피곤해서 졸음이 와 침대로 가야겠다고 생각하던 참이었다. 누군가가 문을 두드렸다, 그렇다 문 두드리는 소리였다, 우리집에 마지막으로 누가 문을 두드린 건 오래전 일이었다, 도대체 누굴까? 나는 문을 열어주기로 했다, 그렇게 해야만 했다, 누군가 문을 두드리면 열어주는 게 시골에선 관례니까, 아무리 피곤해도 문을 열어야만 했다, 아마도 교회의 어떤 사정 때문에 경품권을 팔러 다니는 동네 아이들일 것이다, 분명 그럴 것이다, 그 외에 또 누가 있을까, 아무도 없을 거라고, 생각하며 나는 문을 열었다―그리고 아니 세상에, 나는 내 눈을 믿을 수가 없었다, 왜냐하면 거기, 외투를 입고 손가방을 든 채, 엘리네가 거기 서 있었으니까, 내가 마지막으로 언제 그녀를 보았는지 순간 떠올릴 수도 없었지만, 오래 전, 수년 전이었던 건 분명했다, 정말 그랬다

들어가도 될까요, 엘리네가 말했다

네 그래요, 내가 말했다

그런데 당신은 왜 내게 들어오라고 먼저 말하지 않나요, 그녀가 말한다

어서 들어오세요, 내가 말한다

고마워요, 엘리네가 말한다

그리고 그녀는 집안으로 들어와 몸을 돌려 마치 어제도 그랬던 것처럼 문을 잠근다, 그리고 역시 어제 그랬던 것처럼 자연스럽게 현관에서 외투를 벗어 옷걸이에 건다, 그리고 그녀는 거실로 들어간다

여긴 여전히 그대로군요, 그녀가 말한다

당신이 바꾼 건 하나도 없는 것 같네요, 그녀가 말한다

그 많은 세월이 흘렀는데도, 그녀가 말한다

그리고 나는 부엌으로 들어가는 그녀를 보고 그녀는 부엌이 너무 지저분하고 엉망이라고 투덜대며 한숨을 내쉰다, 정말이지 이렇게 지내다니 믿을 수가 없다고, 그녀의 눈에 이 부엌은 그녀가 마지막으로 청소하고 정리한 후로 단 한 번도 손댄 적이 없는 것처럼 보인다고, 말하면서 사람이 이렇게 살 수는 없다고 덧붙인다

프랑크, 아무리 당신이 어부라 해도 그렇죠, 적어도 사람답게 살아야 하지 않겠어요, 그녀가 말한다

그리고 그때 다시, 그 이름, 프랑크가 등장했다, 엘리네가 떠난 이후로 한 번도, 아니 거의 들어본 적이 없던 그 이름이, 이제 거실 안은 물론 내 머릿속에서 커다란 메아리를 만들어냈다

프랑크, 프랑크 당신도 참, 그녀가 말한다

나는 내 이름이 프랑크가 아니라고 말하고 싶다, 하지만 그래봤자 아무 소용도 없을 것이다

마음 같아선 여길 청소도 하고 정리도 해야겠지만, 우린 지금 당장 떠나야 해요, 엘리네가 말한다

떠난다고요? 내가 말한다

네, 그녀가 말한다

네 지금 당장, 그녀가 말한다

하지만, 내가 말한다

하지만이란 말은 하지 마세요, 그녀가 말한다

하지만 어디로 가자는 건가요? 내가 말한다

꼭 필요한 것만 챙겨요, 그런 다음 우린 당신 배로 떠날

거예요, 그녀가 말한다

내 배로? 내가 말한다

아직 그 배 있죠, 당신이 샀던 그 고깃배? 그녀가 말한다

엘리네라고 이름 붙이기로 했던 그 배 말이에요, 그녀가 말한다

그렇긴 한데, 내가 말한다

꼭 필요한 것만 챙기고, 집 문을 잠근 다음 그 배로 함께 가요, 그녀가 말한다

맞아요 그 배, 당신 고깃배, 괜히 엘리네라는 이름이 붙은 건 아니잖아요, 그녀가 말한다

나는 아무 대답도 하지 않고 아무것도 이해하지 못한다, 단지 내가 아는 건 엘리네에게 맞서봤자 아무 소용이 없다는 것뿐, 적어도 그건 삶을 통해 알고 있다, 하지만 이건, 그렇다 이건, 나는 할말을 찾을 수 없었다, 아무 생각도 할 수 없었다, 엘리네가 무슨 생각을 하고 있는지도 알 수 없었다, 그렇지만 나는 그저 그녀가 말하는 대로 해야 한다, 다른 선택지는 없다고, 나는 생각한다, 챙길 것도 많지 않다, 나는 배에서 자는 데 익숙하고 내게 필요한 것들, 꼭 필요한 것

들은, 모두 배 안에 있다. 그래서 지갑과 은행 통장만 챙기면 되겠다고, 생각하며 나는 외투를 입는다. 수첩은 그 외투 안주머니에 있다. 은행 통장은 침대 머리맡 서랍 안에 있다. 나는 위층 침실로 가서 그것을 가져와 거실로 들어가 엘리네가 여기 살던 동안 이 그림을 참 좋아했다고 말하며 소파 위 벽에 걸려 있던 그림을 내리는 것을 본다. 굳이 사실을 말하자면, 딱히 말하지 않을 이유도 없지만, 그녀가 이 집을 떠난 후 유일하게 그리워했던 것은 바로 그 그림이었다. 왜냐하면 그 그림에는 특별한 게 전혀 없었기 때문이다. 그저 돛을 한껏 올린 돛단배 한 척이 그려진 그림이었을 뿐이지만, 그녀는 늘 그 그림이 예쁘다고 생각해왔단다. 내가 기억하건대 그 그림은 늘 소파 위에 걸려 있었다. 그건 내 증조부의 범선을 그린 그림이었다. 두 개의 돛대 모두에 돛이 달려 있는, 기품 있는 범선에는, 뱃머리 쪽 선체 양옆과 조타실 전면에 마틸데라는 이름이 적혀 있었다. 그런 배들이 흔히 그렇듯 조타실은 고물 쪽에 있었다. 참으로 위풍당당한 배였다. 그 배는 노를란 항로를 오갔고 로포텐에서 건대구를 실어 비에르그빈까지 날랐다. 그 일로 증조할아버지는 꽤 많은 돈을 벌었고, 그 돈의 일부로 지금의 내 집을 내가 군대에 가 있는 동안 지었다, 그 집에는 나의 부모님과 조부모님도 살았다, 증조할아버지의 이름은 올라브였고, 내 아버지의 이름, 그리고 내 할아버지의 이름, 그리고 내 이름도 올라브였다, 아버지가 살아 계셨을 때 어머니는 나를 올라브-올라브라 불렀고 아버지는 그냥 올라브라 불렀다, 그랬다, 그리고 엘리네가 내게 무슨 생각을 하고 있는지 묻고 내가 별생각 하지 않았다고 대답하자 엘리네는 나를 잘 알고 있기에 내가 무슨 생각을 하고 있는지 표정만 봐도 안다고 말한다 나는 그녀에게 내가 무슨 생각을 하고 있는 것 같으냐고 묻지 않겠다고 생각하지만 놀랍게도 그녀는 내가 지금 거기 서서 생각하고 있는 건 그 그림 속 내 증조할아버지의 범선이 아니냐고 말한다 나는 그 그림이 그렇게 오래 걸려 있었는데 그것을 떼내는 건 잘못된 일이라고 생각했다 증조할아버지 때부터 거기 걸려 있었을 테니까 그런 생각을 했던 것 같다고 내가 말하자 엘리네는 내가 저 그림에 대해, 내 증조할아버지의 배가 어떻게 그려져 있는지에 대해 몇 번이나 이야기했는지 셀 수도 없다고 말한다, 그녀는 내가 그 이야기를 하는 건 이제 더는 듣고 싶지 않다고, 하지만 그 그림은 참으로 아름답다고, 그리고 우리는 이제 바임에서 살 테니까 그 그림도 가져가야 한다고, 그녀는 말한다, 나는 그녀의 말에 깜짝 놀란다, 이제 내가 바임에서 살 거라니, 이게 도대체 무슨 일일까

이제 우린 당신 배를 타고 바임으로 갈 거예요, 그녀가 말한다

내 배를 타고 바임으로 간다고요? 내가 말한다

네 지금 당장, 그녀가 말한다

하지만, 내가 말한다

하지만이란 말은 하지 말라고 했잖아요, 그녀가 말한다

그리고 그녀는 이미 현관문 쪽으로 가고 있다

나는 먼저 나가서 기다리고 있을 테니까 당신은 난방과 불을 끄고 와요, 아 참, 맞아요 꼭 필요한 것들도 챙겨 나와요, 알았죠, 그러니까 아까 내가 말했던 대로, 그녀가 말한다

그리고 나는 그렇게 하겠다고 말하면서도 도무지 이해할 수 없다고 생각한다, 마치 내게 선택권도, 내 의지도 없는 것 같다, 엘리네가 뭔가를 결정하면, 그렇다 그녀가 시키는

대로 따르는 수밖에 없다, 마치 푸글렌에서 만난 그날처럼, 그렇다 그때 그녀는 여행가방을 옆에 둔 채 앉아 있었고 그 가방 안에 그녀가 가진 모든 것이 들어 있었다, 그러고는 나는 부둣가에 서 있는 그녀를 보고 있었고 거기 엘리노르의 갑판 위에 서서 그녀의 가방을 받으려 팔을 뻗었지만 그녀는 가방을 내게 건네지 않았다

가방쯤은 혼자서도 들 수 있어요, 그녀가 말했다

나는 그렇지 않다는 생각을 한 적은 없다고 혼잣말로 중얼거렸다, 엘리네는 갑판 레일을 넘어 갑판 위로 올라왔지만 나는 무슨 일이 일어나고 있는 건지 전혀 이해할 수 없었다, 지금과 마찬가지로

가방 가져와서 짐 챙겨요, 당신한테 필요한 물건들을요, 그녀가 말한다

나는 서둘러 위층으로 올라가서 옷장 안에 있던 낡은 여행가방을 꺼냈지만 무엇을 챙길지 무엇을 싸서 가져가야 할지 알 수 없었다, 얼마나 오래 떠나 있을지도 확실치 않았다, 하지만 정장 한 벌과 넥타이 그리고 말끔한 셔츠 한 벌쯤은 요긴할 것이었다, 그래서 나는 그것들을 가방에 넣었

고, 정장을 챙겼으니 제일 좋은 구두도 가져가는 게 좋을 터였다, 그래서 그것도 가방에 넣었다, 양모 양말 몇 켤레, 따뜻한 아이슬란드 스웨터도 넣고 나니, 더이상 챙길 게 없어 보였다, 사실 이건 그저 시늉에 불과했고 엘리네가 내게 가방을 가져오라고 해서 챙기는 것일 뿐이었다, 왜냐하면 나는 지금 내가 어디로 가서 무엇을 할 건지, 전혀 모르고 있었으니까, 그러니 무엇을 챙겨야 하는지도 알 수 없었다, 그리고 나는 얼른 오라고 재촉하는 엘리네의 목소리를 듣는다, 여행가방 하나 챙기는 데 세월을 다 보내려 하느냐고, 그녀의 말에 나는 금방 간다고 대답한다

좀 서둘러봐요, 엘리네가 말한다

최대한 서두르고 있어요, 내가 말한다

알았어요, 엘리네가 말한다

계단을 내려간 나는 나갈 채비를 한 채 현관문 앞에 서 있는 엘리네를 본다

벌써 준비를 다 했군요, 내가 말한다

네 그럼요, 엘리네가 말한다

그전에 전등도 끄고 난방도 끄고 문들도 다 잠겼는지 확

인하세요, 그녀가 말한다

나는 현관 앞으로 내려가 가방을 내려놓고는 지하실로 향하는 문을 연다, 불을 켜고 계단을 내려간다, 지하실 불을 켜고 그곳을 둘러본다, 모든 게 늘 있던 대로 있다, 지하실 문을 확인해보니 역시나 여느 때처럼 잠겨 있다, 나는 지하실 전등을 끄고, 계단을 올라가, 현관으로 향하는 문을 열고, 지하실 계단 등을 끈 후 현관으로 들어간다

다 괜찮던가요 그리고 문도 잠겨 있던가요, 엘리네가 말한다

네, 내가 말한다

다락방 전등과 난방도 모두 껐겠죠, 그녀가 말한다

그럴 거예요, 내가 말한다

그럴 거라는 말만으로는 안 돼요, 엘리네가 말한다

나는 다시 위층으로 올라간다, 방마다 전등은 다 꺼져 있고 난방도 꺼져 있다, 하지만 나는 이미 그렇다는 것을 알고 있었다, 그렇다면 나는 왜 다시 올라가 확인했던가, 그건 바로 엘리네가 그렇게 하라고 했기 때문이다, 나는 그렇게 생각하며 아래층 현관 앞에 놓인 내 여행가방 옆으로 돌아온다

자 이제 가요, 엘리네가 말한다

아래층 전등과 난방은 내가 이미 껐어요, 그녀가 말한다

엘리네는 이미 바깥문을 열어둔 채 한 손에는 장바구니 두 개, 다른 손에는 핸드백을 든 채 현관에 서 있다

얼른 나와요, 그녀가 말한다

그리고 그 그림도 가져와요, 그녀가 말한다

그녀는 현관 벽 안쪽을 가리키고 나는 늘 입던 낡은 외투를 걸치고 가방을 든 채, 그림을 챙겨 가방을 든 팔의 겨드랑이에 끼운다

여기 있던 음식은, 많진 않았지만, 제가 챙겼어요, 엘리네가 말한다

그리고 그녀는 장바구니들을 살짝 들어 보인다

겨우 두 봉지밖에 안 되더군요, 그녀가 말한다

나는 현관 등을 끄고 밖으로 나간다, 주머니에 들어 있던 열쇠꾸러미를 꺼내 문을 잠그려는 찰나, 실외등도 꺼야 한다는 엘리네의 말에 나는 다시 열쇠를 꽂고, 문을 열고, 바깥 등을 끄고 문을 닫고 다시 열쇠로 잠그고 길을 걸어내려가기 시작하는 엘리네를 본다, 한 손에는 장바구니들을 들

고, 다른 손에는 핸드백을 든 그녀의 뒤를, 내가 따라 걷기 시작한다, 여행가방과 증조할아버지의 범선, 마틸데를 그린 그림을 질질 끌며, 엘리네와 같은 속도로 발을 옮긴다, 몇 미터 그녀 뒤에서, 나는 발걸음을 재촉하기 싫다, 그녀에게 더 가까이 가고 싶지 않다, 조금 거리를 둔 채 걷고 싶다, 그러면 생각을 정리할 수 있을지 모른다, 도대체 지금 내게 무슨 일이 벌어지고 있는 걸까, 나는 이 길을 걷고 있다, 여행가방을 들고, 엘리네에게서 몇 미터 떨어진 채로, 아마도 우리는 내 배로 가는 모양이다, 내가 실수로, 분명 실수로, 엘리네라고 이름 붙인 그 배는 엘리네가 이해하기 어려운 짧은 편지 한 장만 남기고 홀연히 떠났던 그다음날 내게 인도되었다, 그녀는 내게 왔을 때와 마찬가지로 갑자기 떠났고, 다시 그때처럼 갑자기 내 앞에 나타났다고, 나는 생각한다, 그리고 나는 장바구니 두 개와 핸드백을 들고 배에 오르는 엘리네를 본다, 나는 여행가방을 들고, 그림을 옆에 낀 채 그 뒤를 따른다, 나는 갑판 위에 그림을 내려놓고, 여행가방에 기대 세워둔다, 그리고 이제 이게 다 무슨 의미인지 엘리네에게 물어볼 때라고, 나는 생각한다

그래서 이제 어떡하겠다는 건가요, 내가 말한다

그런 말은 좀 무례하지 않나요, 엘리네가 말한다

무례하게 말하려던 건 아니었어요, 내가 말한다

이제 당신은 배에 시동을 걸고 나는 계선줄을 풀 거예요 그리고 우리는 바임으로 가면 돼요, 엘리네가 말한다

바임으로 간다고요, 내가 말한다

그래요 그건 내가 이미 말했잖아요, 엘리네가 말한다

내가 도대체 왜 거기 가야 하나요, 내가 말한다

당신은 거기서 살 거예요, 엘리네가 말한다

거기서 산다고요? 내가 말한다

네, 그녀가 말한다

하지만 거기서 내가 뭘 할 수 있을까요, 내가 말한다

고기를 잡으면 돼요, 예전처럼 어부로 사는 거죠, 그녀가 말한다

그녀는 바임피오르에는 물고기가 아주 많다고 말한다, 먼 바다는 말할 것도 없다고, 그녀는 말한다, 물론 내게 그 먼 바다로 나갈 용기가 있다면 말이다

하지만 내 어구는 모두 두고 왔는걸요, 내가 말한다

야트게이르가 남긴 어구들이면 충분해요, 그 사람 보트 창고 안에 있어요, 엘리네가 말한다

야트게이르라고요, 내가 말한다

내가 함께 살던 사람이에요, 그녀가 말한다

문득 그 순간 모든 것이 하나로 맞물리듯 이해가 되었다, 그녀는 야트게이르와 함께 나를 떠났다, 그의 배를 타고, 수년 전 바로 그날 저녁, 그리고 그는 죽었고 이제 내가 그녀의 남편이자 부양자가 되어야 하는 것이었다, 수년 전에 그랬던 것처럼

그러니까 야트게이르가 죽었군요, 내가 말한다

꽤 됐어요, 그녀가 말한다

그리고 지금은 그 집에 나 혼자 살고 있어요, 그녀가 말한다

이제 시동을 걸어보세요, 그녀가 말한다

나는 조타실 안으로 들어가서, 열쇠를 꺼내, 제자리에 꽂고, 시동을 건다, 그러자 엔진은 언제나 그랬던 것처럼 단 한 번의 시도에 깨어나고 나는 이미 밧줄 두 개를 풀고 펜더들을 갑판 위로 끌어올리고 있는 엘리네를 본다, 이제 나는 북

쪽으로 가는 수밖에 없다고, 생각하는 동안 배 엘리네는 뭍을 떠나 잔잔한 바다 위로 나아간다, 마치 모든 것 위로 평온함이 내려앉는 것 같다고, 나는 생각하고 우리는 아무 말 없이 고른 항속으로 북쪽으로 나아간다, 우리는 아무 말도 하지 않는다, 그 순간만은 어떤 경건한 분위기가 감돌고 있다고, 나는 생각한다, 나는 가만히 앉아 엘리네는 왜 그토록 갑작스럽게 나를 떠났을까 생각한다, 왜 부엌 탁자 위에 짧은 편지 한 장만, 그것도 무심하게 툭 내던지듯 남긴 채, 게다가 대문도 잠그지 않은 채, 얼마나 급했으면 문을 잠글 틈도 없이 떠났을까, 그렇다 그건 참으로 이상한 작별이었다, 그런 생각을 하는 동안에도 배 엘리네는 북쪽을 향하는 주항로를 따라 꾸준히 나아간다, 우리가 푸글렌에서 처음 만났던 날 그녀는 홀연히 내게로 다가왔고, 홀연히 나를 떠났다, 그리고 정말이지 홀연히 다시 내게 돌아왔다, 오늘 저녁에, 그리고 마찬가지로 홀연히 나를 어린 시절의 집에서 떠나게 만들었다, 아니 이건 도무지 이해할 수가 없다고, 나는 생각하고 엘리네는 우리 둘이 절대 서로를 벗어날 수 없을 거라고 말하고 나는 그 말이 사실일지도 모른다고 말한다

이제 우린 내 집으로 가는 거예요, 그녀가 말한다

나는 아무 말도 하지 않는다

이제 당신과 나는 다시 함께 살 거예요, 그녀가 말한다

네, 결국 그렇게 되었어요, 그녀가 말한다

그리고 나는 할말이 떠오르지 않는다

이제 우린 다시 함께 살 수 있어요, 프랑크 당신과 나, 그녀가 말한다

나는 그녀가 무슨 말을 하는지 알고 또 내가 무엇을 원하든 원하지 않든 아무 상관 없다는 것도 안다, 결정하는 건 엘리네다, 예전처럼, 항상 그랬던 것처럼, 내가 무엇을 생각하고 무엇을 말하든, 그건 전혀 중요하지 않다, 이전에도 그랬고, 지금도 그렇고, 앞으로도 그럴 것이라고, 나는 생각한다

바임에서 사는 것도 그리 나쁘진 않아요, 당신도 그곳이 마음에 들 거예요, 그녀가 말한다

나는 이제 정말로 바임에서 살게 되는구나라고 생각한다, 모든 것이 이미 분명히 결정된 듯하다

바임피오르에는 물고기가 많아요, 물론 먼바다에 나가면

더 많죠, 그녀가 말한다

당신은 고기를 잡고 나는 집안일을 하면 돼요, 그녀가 말한다

내가 수년 동안 함께 살던 그 사람, 그러니까 야트게이르는, 직업이 늘 있었지만, 고기도 많이 잡았어요, 그래서 우리에겐 언제나 필요한 만큼 생선이 있었죠, 그녀가 말한다

그리고 정적이 흐른다

그도 고깃배를 가지고 있었나요, 내가 말한다

그 사람은 다른 일을 했어요, 그래서 작은 나무배가 있었죠, 그녀가 말한다

그 배 이름은 뭔가요, 내가 말한다

엘리네, 그녀가 말한다

당신 이름에서 따온 건가요, 내가 말한다

글쎄요, 그녀가 말한다

하지만 우리가 만났을 때 이미 그 배는 엘리네였어요, 그녀가 말한다

내 배 이름이랑 똑같군요, 내가 말한다

네 그래요, 그녀가 말한다

그렇군요, 내가 말한다

그리고 오랜 침묵이 흐른다, 엘리네는 앞을 바라보며 조타실 좌현 쪽 의자에 앉아 있고 나는 해도를 따라 항해등과 불빛에 의지하며 북쪽으로 향한다

곧 도착할 거예요, 그녀가 말한다

네 당신이 길을 안내해줘요, 내가 말한다

물론이죠, 그녀가 말한다

저기 앞에 보이는 곶 뒤쪽에 있는 만 안으로 들어가면 돼요, 그녀가 말한다

그리고 그녀가 손으로 가리킨다

저기 곶 맨 끝에 돌탑이 보일 거예요, 그녀가 말한다

저긴 그냥 곶이라고 불리죠, 그녀가 말한다

그리고 만도 그냥 만이라고 해요, 그녀가 말한다

그렇군요, 내가 말한다

그리고 우리는 다시 말없이 앉아 있다

이제 당신과 나는 다시 함께 살게 되었어요, 그녀가 말한다

우리는 서로를 위해 태어났나봐요, 그녀가 말한다

단지 내가 그걸 몰랐을 뿐이죠, 그녀가 말한다

그걸 깨닫기까지 그토록 많은 세월이 흐르다니, 그녀가 말한다

그러니까 야트게이르의 배도 엘리네라고 불렀단 말인가요, 내가 말한다

네, 그녀가 말한다

야트게이르 참 좋은 이름이군요, 내가 말한다

그 사람 이름은 원래 게이르예요, 하지만 사람들이 모두 야트게이르라고 불렀죠, 그녀가 말한다

그리고 그는 올봄에 죽었어요, 그녀가 말한다

애도를 표해요, 내가 말한다

뭐, 애도까지야, 그녀가 말한다

우리는 곶을 따라 돌고 나는 커다란 붉은색 부표에 묶여 있는 배 엘리네를 본다, 그 옆에는 부두가 있고, 부두 뒤에는 보트 창고가 있다, 그리고 보트 창고 뒤편 경사진 언덕에 있는 흰색의 농가 한 채가 보인다

당신은 이제 저 집에서 살게 될 거예요, 엘리네가 말한다

그녀는 그 집을 손가락으로 가리키고 나는 아무 말도 하

지 않는다

당신은 아무 말도 하지 않는군요, 엘리네가 말한다

네, 내가 말한다

괜찮은 곳이에요, 그녀가 말한다

네, 내가 말한다

그리고 나는 부두에 배를 대고 뭍에 먼저 올라가 있는 엘리네에게 고물쪽과 뱃머리쪽 계선줄을 차례차례 던진다, 펜더들은 이미 내려져 있다, 엘리네는 우리가 부두에 배를 대기 전에 미리 펜더들을 내려두었다, 그래서 내 고깃배, 엘리네는 안전하게 자리잡는다, 거기에는 나무배 엘리네도 붉은 부표에 묶여 안전하게 정박해 있다, 나는 마틸데호가 그려진 그림을 들어 엘리네에게 건넨 후 여행가방을 들고 부두로 올라가서 엘리네가 보트 창고의 모퉁이 뒤로 사라졌다가 다시 모퉁이 앞으로 나오는 모습을 본다

얼른 와요 프랑크, 그녀가 말한다

그녀는 계속 프랑크라는 이름을 고집한다고, 나는 생각한다, 한때 순에서는 프랑크니 프랑크-올라브니 올라브-프랑크니 프렝카니 올라브-프렝카니 이름에 대해서 말들이

많았다. 그러더니 그런 말들은 사라졌고 순에 사는 모든 이와 내가 아는 모든 이와 나를 아는 모든 이가 다시 나를 올라브, 그저 올라브라고 불렀다

빨리 오라니까요 프랑크, 그녀가 말한다

나는 여행가방을 들고 엘리네 쪽으로 가고 곧 우리는 함께 그 작은 하얀 집을 향해 올라가면서 나는 생각한다, 그래 세상엔 별일이 다 있다고

좀 서둘러봐요 프랑크, 그녀가 말한다

알았어요, 내가 말한다

그리고 우리는 그 모든 시간을 함께 살았다, 몇 달 전 그녀가 갑자기 세상을 떠날 때까지, 나는 침대에서 내 옆에 죽은 채로 누워 있는 그녀를 발견했다, 아마도 그녀는 몸이 안 좋다는 걸 스스로 알고 있었던 것 같다, 왜냐하면 그녀는 지난 수년 동안 자기가 죽으면 야트게이르 옆에 묻히고 싶다고 여러 번이나 말했고 나는 그게 너무나 당연하다고 생각했기에 내겐 전혀 문제가 되지 않았다, 하지만 그즈음 엘리아스라는 남자가 죽었다, 나는 바임 상점에서 그와 몇 번 마주친 적이 있었지만 말을 나눈 적은 한 번도 없었다, 하지만

그는 야트게이르의 가장 친한 친구였다고, 엘리네가 말했고, 그래서 그가 야트게이르 옆에 묻히게 되었다, 그 소식을 들은 엘리네는 당장 그의 무덤을 파내고 관을 다른 데로 옮겨야 한다고 했다, 왜냐하면 그곳은 그녀의 자리였으니까, 엘리아스라는 사람, 비참하기 짝이 없는 그 교회 사람이, 그녀의 묫자리를 가로챈 거니까, 하지만 엘리아스도 다른 모든 사람처럼 편히 쉴 권리가 있었다, 그리고 엘리네가 세상을 떠났다, 나는 그녀를 야트게이르 옆에 가능한 한 가까이 묻어주고 싶었기에, 결국 그녀를 엘리아스 바로 옆에 묻을 수밖에 없었다, 그렇다 일은 그렇게 되었던 것이다, 그리고 나는 물론 엘리네의 뜻대로 해주었다, 그녀의 묘비에는 예전에도, 그리고 지금도, 요세피네라고 새겨져 있다, 엘리네가 아니라, 묘비가 제자리에 놓이고 나서야 나는 이제 바임에서 더 할일이 없다는 것을 깨닫게 되었다, 그렇다 이젠 바임에 더 머물 이유가 없었다, 그래서 나는 다시 여행가방을 쌌다, 아이슬란드 스웨터, 정장과 흰색 셔츠, 넥타이와 좋은 구두, 내가 엘리네의 장례식 날, 그날 딱 한 번 입고 신은 그것들을 챙겼다, 그리고 한 손으로는 여행가방을 들고 다른 손으로는 마틸데호를 그린 그림을 든 채 배 엘리네에 올라 바다로 나갔다, 남쪽으로, 이젠 항로도 훤히 알고 있다, 왜냐하면 나는 순에 있는 집과 보트 창고를 돌보기 위해 종종 그곳에 다녀오곤 했으니까, 내가 사르토르에, 순에 다녀오는 걸 엘리네가 좋아했다고는 할 수 없다, 하지만 그녀는 감내했다, 지금 나는 사르토르의 순에 있는 내 거실, 내 고향집 거실에 앉아, 부두에 정박해 있는 나의 너무나 아름다운 배 엘리네를 내다보면서 생각한다, 내 나이 일흔다섯이 될 동안, 나는 엘리네와 나에 대해 그토록 자주 곱씹어보았지만 결국 다다른 생각은 모든 것이 참으로 이상했다는 것뿐이었다, 그래서 내 묘비에는 이렇게 적어야겠다고 생각해왔다―모든 것이 이상했다―하지만 이제 와서 다시 생각하니 그저 단순한 십자가 하나면 충분할 것 같았다, 그렇다 내 묘비에는 십자가 하나만 있으면 된다, 그리고 내게는 상속인이 없으니 내가 가진 모든 것을 순의 예배당에 기부할 생각도 해보았다, 하지만 솔직히 나는 특별히 신앙심이 깊은 사람이라고는 할 수 없었다, 물론 평생을 바다 위에서 살아온 사람이라면, 어떤 방식으로든 신에게 가까워지는 법이

긴 하지만, 어쨌든 나는 기부는 하지 않기로 마음먹었다, 그러면 너무 많은 이목을 끌게 될 것이고 순 사람들이 내가 드러내진 않았지만 예배당 사람이었던 거라고 생각할 터였다, 그래서 나는 유언장에 내가 가진 모든 것을 바임의 예배당에 남기겠다고 썼다, 그리고 이것을 분명히 지켜달라고 썼다, 내 묘비에는 올라브라고 새겨져야 한다고, 십자가 하나 그리고 올라브라는 이름

옮긴이의 말
쉼표와 숨결의 흐름이 이름하는 곳

이 책의 첫 문장을 옮기기도 전에, 나는 이미 멈춰 설 수밖에 없었다. 책 전체에 마침표가 하나도 없다는 사실, 모든 문장이 오직 쉼표로만 이어진다는 사실 때문이었다. 단 한 번의 멈춤도 없이 흘러가는 문장들 앞에서, 나는 어디로 향하는지도 모른 채 어딘가로 끌려가는 느낌을 받았고, 자못 당황했다. 하지만 어느덧 종결 없는 문장들은 끝나지 않는 생각, 멈추지 않는 내면의 흐름이 되어 내게 다가왔고, 나는 그 흐름에 나 자신을 맡기기 시작했다.

욘 포세의 신작 『바임 Vaim』이 아직 노르웨이에서조차 출

간되기 전, 세상에 공개되기도 전에 가장 먼저 읽고 번역할 수 있었다는 것은 말로 다 할 수 없는 기쁨이자 영광이었다. 우연히도 이미 이 책을 번역하고 있던 다른 나라의 번역가들과 함께 이야기 나누는 자리가 있었다. 각자의 언어라는 배로 이 소설을 옮기며, 우리는 서로 멀리 떨어져 있으면서도 같은 물줄기를 따라 흘러가듯, 같은 문장 속에서 길을 잃고 또 길을 찾고 있었다. 그 여정은 번역이라는 고독한 노동 속에서 만난 뜻밖의 연대였고, 포세의 글이 만들어내는 특별한 교감이었다.

처음 이 책을 펼쳤을 때, 나는 무엇을 옮겨야 하는지도, 무엇을 찾아야 하는지도 알 수 없었다. 대화는 이어지고, 생각은 흐르고, 기억은 문득 나타났다 사라지기를 반복했지만, 그중 어느 하나도 완전히 '이해되기'를 요구하지 않았다. 그러나 번역을 마친 지금, 나는 깨달았다. 이 책은 작가가 말하고자 하는 '무엇'을 붙잡아내는 책이 아니라, 그저 작가가 만들어낸 흐름에 몸을 맡겨야 하는 책이라는 것을.

이 책에는 등장인물이 많지 않다. 그러나 그들 대부분 현재의 자기 이름으로 살아가지 않는다. 그들의 이름은 본래 갖고 있던 것이 아니라, 어딘가에서 온 것, 누군가로부터 전해 받은 것, 혹은 과거의 기억 속을 떠도는 것이다. 이는 포세가 오랫동안 천착해온 하나의 질문과 맞닿아 있다.

'말로 규정되는 나는, 정말 나인가?'

이름은 존재를 설명하기 위해 주어지는 것이지만, 동시에 그 존재를 감추는 장막이 되기도 한다. 이 작품은 바로 그 간극, 언어와 존재 사이의 틈을 응시하고 있다. 이름을 갖는다는 것은 내가 누구인가를 증명하는 일이 아니라, 언어로 다 담을 수 없는 어떤 존재의 그림자를 껴안는 일인지도 모른다.

포세의 문장은 단순하고 반복적이다. 그러나 그 단순함은 오히려 더 깊은 침잠의 길로 우리를 이끈다. 현실과 초현실, 말과 침묵, 기억과 환영 사이를 떠도는 문장들 속에서, 쉼표는 단절이자 연결이며, 생각의 끊김이자 감정의 리듬이 된다. 그의 문장은 멈추지 않고 이어지며, 어느덧 우리를 어딘가에 데려다놓는다. 말로 가닿을 수 없는 한 사람의 내면 깊은 곳, 그 경계에.

이 책은 하나의 거대한 문장이다. 각 문장에는 시작과 끝이 있지만, 그 모든 것은 마치 우리의 삶처럼 쉼표로 이어진다. 오늘과 내일, 말과 침묵이 완전히 분리될 수 없듯 말이다. 그래서 포세는 마침표를 쓰지 않는다. 쉼표로 이어지는 문장은 결국 삶의 리듬을 닮아 있다. 그의 이러한 상징적인 선택은 이렇게 말하고 있는 듯하다. 삶은 정의되는 것이 아니라, 그저 살아지는 것이라고.

'바임'이라는 제목은 포세가 지어낸 가상의 지명이기도 하다. 하지만 노르웨이 서부에는 실제로 '바드헤임Vadheim'이라는 지역이 있으며, 그곳의 방언으로는 '바임Vaim'으로 발음되기도 한다. 따라서 이 이름은 현실과의 연결감을 지닌 동시에, 현실과 비현실의 경계에 존재하는 또다른 차원의 현존감을 띤다. 아마도 포세의 문학적 장소들은 바로 그 경계에서 형성되는 것일지 모른다.

또한 'Vaim'이라는 음절은 어딘가 내면적이고 영적인 것을 떠올리게 한다. 흥미롭게도 이와 유사한 단어 중 에스토니아어 'vaim'은 '영혼' '정신' '혼령'을 뜻하며, 핀란드어 'vaimo'는 '아내'를 의미한다. 노르웨이어와 직접적인 언어적 연결은 없지만, 이 음의 울림은 일종의 공명과 잔향을 남긴다. 그것은 이 소설의 흐름과 무게, 그리고 텍스트 아래에서 조용히 움직이는 어떤 보이지 않는 것들과 맞닿아 있다.

  이 책을 번역하며 나는 문장을 옮긴 것이 아니라, 하나의 흐름을 지나온 듯한 기분을 느꼈다. 이 문장을 내가 옮겼다기보다는, 그것들이 나를 통과해 흘러간 것만 같았다. 이제는 이 책을 펼치는 당신에게도 그 흐름이 다다르기를 바란다. 이 조용하고도 깊은 문장들 속에서, 언어 너머의 무언가를 마주하고 그곳에 잠시라도 머물 수 있기를.

2025년 겨울 초입 노르웨이에서
손화수

옮긴이 **손화수**
한국외국어대학교에서 영어를, 오스트리아 모차르테움대학교에서 피아노를 공부했다. 2000년대부터 노르웨이문학을 활발히 한국에 소개했으며, 2012년 노르웨이 해외문학협회에서 수여하는 '올해의 번역가상'을 받았다. 옮긴 책으로 『샤이닝』 『멜랑콜리아 I-II』 『톨락의 아내』 『그 여자는 화가 난다』 『우리의 사이와 차이』 『나의 투쟁』 『사자를 닮은 소녀』 『밤의 유서』 등이 있다.

문학동네 세계문학
바임

초판 인쇄 2025년 11월 14일 | 초판 발행 2025년 11월 28일

지은이 욘 포세 | 옮긴이 손화수

책임편집 송지선 | 편집 권은경 황문정
디자인 김유진 이원경 | 저작권 박지영 형소진 주은수 오서영 조경은
마케팅 정민호 서지화 한민아 이민경 왕지경 정유진 정경주 김혜원 김예진 이서진
브랜딩 함유지 박민재 이송이 박다솔 조다현 김하연 이준희
제작 강신은 김동욱 이순호 | 제작처 천광인쇄사(인쇄) 경일제책사(제본)

펴낸곳 (주)문학동네 | 펴낸이 김소영
출판등록 1993년 10월 22일 제2003-000045호
주소 10881 경기도 파주시 회동길 210
전자우편 editor@munhak.com | 대표전화 031) 955-8888 | 팩스 031) 955-8855
문학동네카페 http://cafe.naver.com/mhdn
인스타그램 @munhakdongne | 트위터 @munhakdongne
북클럽문학동네 http://bookclubmunhak.com

ISBN 979-11-416-0281-9 03850

잘못된 책은 구입하신 서점에서 교환해드립니다.
기타 교환 문의 031) 955-2661, 3580

www.munhak.com

그의 혁신적인 희곡과 산문은 말할 수 없는 것에 목소리를 부여한다. _스웨덴 한림원 노벨문학상 선정 이유

카프카, 베케트, 베른하르트의 진정한 후계자이자 중독성 있는 신비주의자, 현존하는 위대한 작가. 놓치지 마라. _하비에르 세르카스(에스파냐 작가)

포세는 마치 주문을 걸듯 우리를 불안이 지배하는 세계로 빠져들게 한다. 그의 글은 반복을 위대한 예술로 승화시키며, 그 반복의 망치질에는 우리 시대의 정신의 공허가 숨어 있다. _오라시오 카스텔라노스 모야(엘살바도르 작가)

노르웨이 작은 마을에 사는 세 인물의 얽힌 이야기를 중심으로 고독, 사랑, 죽음에 관해 쓴 놀라운 이야기…… 잊을 수 없는 작품이다. _퍼블리셔스 위클리

인내, 은총, 운명에 관한 매혹적인 작은 우화…… 포세의 리드미컬한 문체, 유머의 분출, 삶에 스며들어 있는 기이함에 대한 예리한 통찰에 수없이 감탄하게 된다. _월스트리트저널

몰입감 넘치고, 심지어 트랜스 상태에 빠진 듯하다. 『바임』은 예상된 경로를 벗어나 표류하는 삶 그 자체만큼이나 오묘하고 놀랍다. _파이낸셜 타임스

아름답게 구성된 소설의 세 악장은 점진적이라기보다는—포세라면 '음악적'이라고 할 법한—패턴에 따라 그들 삶들의 교차점을 탐색해나간다. 우리는 문법과 시간의 매듭에, 사람들을 사로잡는 완전히 매혹적인 평범함에 얽혀든다. _뉴스테이츠먼

욘 포세다움 그 자체이면서 어딘가 새로워진 모습. 노벨상 수상자 욘 포세가 또 한번 해냈다. 이번에는 반전이 있는 유쾌한 작품이다. _NRK(노르웨이방송)

끊임없이 되감기는 언어, 마치 문학적인 형태의 야생 담쟁이덩굴처럼 계속해서 휘감고 맴돌며 메아리치는 언어. 여기에 당연히 익숙한 도플갱어 모티프…… 아, 그렇다, 이게 바로 욘 포세식 하드코어다! _베르덴스 강(노르웨이 신문)

독자를 사로잡는 새로운 소설. 상대적인 시공간 차원에서 펼쳐지는, 의지력 없는 남자들에 관한 독창적인 이야기. _베르겐스 티덴데(노르웨이 신문)

욘 포세 작품 중 가장 장난기 넘치는 작품. 로맨스, 유령 이야기, 누아르가 뒤섞여 있다. _다겐스 네링슬리브(노르웨이 신문)